10
18
12, AVENUE D'ITALIE. PARIS XIIIe

Sur l'auteur

D'origine modeste, John Fante, fils d'immigrants italiens, né en 1909 à Denver (Colorado), fait très jeune ses premières gammes en écriture. Il montre ses textes à H.L. Mencken qui lui achète dès 1932 sa première nouvelle pour l'*American Mercury*, le prestigieux magazine qu'il dirige. Commence alors entre les deux hommes une amitié épistolaire qui durera plus de vingt ans. En 1933, son premier roman, *La Route de Los Angeles*, est refusé par les éditeurs et il lui faudra attendre cinq ans la publication de *Bandini* en 1938. Parallèlement, il fait ses débuts dans les studios d'Hollywood où il participe, de 1935 à 1966, à la rédaction de scénarios d'une dizaine de films. Romancier autobiographe, Fante n'a jamais raconté dans ses romans qu'une seule histoire : la sienne. Celle d'un immigré de la deuxième génération, de son père, de sa mère, de ses frères et sœurs et de leurs voisins bavards et catholiques, italiens eux aussi. Il raconte également ses vagabondages à Hollywood, l'argent facile dans lequel on se noie, puis le choix de la pauvreté qu'est celui de l'écriture. Tardivement révélé au public avec *Pleins de vie*, John Fante est mort en 1983.

JOHN FANTE

PLEINS DE VIE

Traduit de l'anglais (États-Unis)
par Brice Matthieussent

Préface de Philippe Garnier

10
18

Du même auteur
aux Éditions 10/18

Titre original :
Full of Life

ISBN 978-2-264-03448-9
Dépôt légal : avril 1990
Nouvelle édition : août 2018

Préface

« LE LAIT D'HOLLYWOOD AYANT TOURNÉ… »

JOHN FANTE ET LE CINÉMA
par Philippe Garnier

Le 21 mars 1952, de Malibu, John Fante envoyait un exemplaire de son nouveau livre à son vieux mentor et protecteur H.L. Mencken. *Pleins de vie* était d'ailleurs dédié au sage de Baltimore, « *with undiminished admiration* ». Bien que Mencken ait été à cette époque déjà bien diminué par sa grave attaque de 1948, l'affection persistante de Fante pour le vieux lion et sa fierté de bon élève à son égard sont réellement touchantes ; les deux hommes correspondaient depuis bientôt vingt ans, sans s'être jamais rencontrés. Et puis Fante avait de quoi exulter. Pour lui, c'était un peu boucler la boucle de l'insuccès relatif qu'il avait toujours connu : alors qu'il était un auteur respecté de ses pairs et des critiques, aucun de ses livres ne s'était bien vendu. Il devait se souvenir aussi qu'en 1934, puis en 1936, il avait déjà dédié deux romans à Mencken (ses deux premiers, dont *La Route de Los Angeles*) ; nul éditeur n'en avait voulu.

Malgré le plaisir réel qu'il doit ressentir, Fante ne peut s'empêcher de crier son triomphe en manière de plaisanterie presque rageuse, comme s'il venait de jouer une bonne farce au monde entier. Il n'a en effet qu'un respect modéré pour le livre ouvertement commercial qu'il a écrit, et pour ceux qui l'ont acheté. Comme il l'explique à Mencken dans sa lettre :

« Je l'ai écrit au printemps dernier comme une nouvelle, mais mon agent m'a obtenu 2 000 dollars de l'hebdomadaire féminin *Woman's Home Companion* pour en faire une version plus longue – que le magazine a rejetée, finalement. Mais un éditeur l'a acceptée pour publication : Little, Brown. Entre-temps, je l'ai fourguée, encore en épreuves, à Stanley Kramer, pour 40 000 dollars. Le mois dernier, le *Reader's Digest* a décidé d'en publier 7 000 mots dans leur numéro de mai – et m'ont du même coup fait cadeau de 7 000 dollars. 50 000 dollars pour un livre qui n'a pas encore trouvé son marché, ce n'est pas mal. »

Cela dépasse en effet de fort loin ce qu'il a jamais gagné avec tous ses écrits réunis. En parlant du pactole gagné, il dit « *fifty grand* », comme un boxeur d'Hemingway, ou comme on parle d'une rançon. « Il ne se mettait à écrire que poussé par la nécessité », dit aujourd'hui sa veuve Joyce Fante. « En 1941, ma mère est morte et j'ai touché l'héritage. On est venu s'installer à Roseville, près de Sacramento, pour régler ses affaires, et durant plusieurs années on a vécu principalement sur cet argent – chose qui ne dérangeait John que dans la mesure où il détestait ma famille, et surtout ma mère. Durant cette période, il jouait au golf presque tous les jours ; c'était presque devenu une obsession pour lui. Il est certain que tant qu'il avait de l'argent, soit par moi, soit avec ses emplois au cinéma, John n'éprouvait pas le besoin d'écrire. Désolée de vous décevoir là-dessus ! En 1946 on a acheté une maison dans Van Ness Avenue à Los Angeles ; avec des volets verts, je me souviens, et des trous en forme de trèfle percés dedans. Une maison d'Irlandais pour un Italien… C'est la maison de *Pleins de vie.* »

« En 1950 j'attendais Nick, notre second fils, et les besoins financiers se sont faits très pressants. Alors John s'est mis au travail. » Ironiquement, c'est avec *Pleins de vie* – en partie l'histoire d'une maison – qu'il a pu s'en acheter une autre, plus grande, celle de Malibu qu'il décrit si bien dans *Mon chien Stupide.* « La plupart des incidents décrits dans *Pleins de vie* sont réellement arrivés. Je suis passée à travers le plancher de la cuisine quand j'étais enceinte. Mon beau-père est effectivement venu de Roseville, soi-disant pour réparer ; mais il n'a pas construit de cheminée à la place. En fait, il n'a rien construit du tout ; juste bu beaucoup de vin… Comme pour *Mon chien Stupide*, l'histoire est autobiographique ; mais ce sont les événements tels que lui les voyait, ou voulait les montrer. De la mise en scène, si vous voulez. »

Fante gagnera encore beaucoup plus que 50 000 dollars avec *Full of Life* ; non seulement plus d'argent, comme scénariste du film, mais aussi une carrière réactivée et infiniment plus rémunératrice que par le passé. Il devra pourtant attendre près de cinq ans, le film ne se faisant qu'en 1956, au bout de péripéties et manigances amusantes, vu le dénouement, mais dont l'ironie n'échappait évidemment pas à la lucidité sardonique d'un homme comme Fante. Kramer avait acheté les droits du livre pour Cari Foreman, qui venait de faire *High Noon* (*Le train sifflera trois fois*). Mais entre-temps, Foreman avait refusé de se blanchir complètement aux yeux du Un-American Activities Committee, contraignant Kramer à le renvoyer de son organisation. En octobre 1951, alors qu'il s'apprête à venir travailler pour Kramer, Fante est loin d'être aveuglé par la reconnaissance du ventre. Il s'en explique en privé, et avec un humour sauvage, à son vieil ami Carey

McWilliams (lui-même activiste libéral de longue date, le seul homme de gauche que Fante ait jamais pu tolérer).

« Pourquoi crois-tu que Cari Foreman était si empressé de filmer ce roman, cette histoire de femme au foyer, avec un prêtre et un vieillard et un héros qui retourne à sa religion ? Ce communiste a-t-il acheté pareil roman parce qu'il sied à sa philosophie, parce qu'il a trouvé chaleur et tendresse dans le manuscrit ? Ou bien plutôt parce qu'il s'est dit, en entendant les loups s'amener de derrière les collines : c'est le genre de bouquin avec lequel je veux qu'ils me trouvent quand ils me tomberont dessus ?

« Tout ce que je sais, c'est que tous les studios de la ville avaient rejeté le roman. À l'exception d'un producteur indépendant, personne ne voulait faire une offre dessus. Plus intéressant encore : la raison pour laquelle les frères King voulaient l'acheter, c'est que Dmytryk voulait le faire. Dmytryk ! Les loups lui ont déjà arraché son fond de culotte et un grand bout de cul, alors bien sûr il a peur qu'ils ne reviennent hurler après lui pour du rab. Jamais 40 000 dollars n'auront été plus fortuits : deux mecs qui tirent après une soutane chacun de leur côté, à essayer de prouver que l'habit fait le moine. »

À la place de *Full of Life* pour sa « réinsertion » hollywoodienne, Dmytryk fera *Mutiny* (*Mutinerie à bord*) pour les King Brothers – producteurs vaguement escrocs qui n'hésitaient pas à tirer avantage des cinéastes et scénaristes de la liste noire (c'est pour eux que Dalton Trumbo a écrit *The Brave One* (*Les clameurs se sont tues*) un peu plus tard, sous le nom de « Robert Rich » – supercherie découverte quand le film a gagné l'oscar du meilleur scénario l'année suivante). Ironiquement, presque au même moment où Fante écrit sa lettre désobligeante, Dmytryk rejoint la compagnie de Stanley Kramer, pour qui il fera quatre films coup sur coup, dont *The Caine Mutiny* (*Ouragan sur le Caine*). Et Dmytryk adaptera tout de même une histoire de Fante, dix ans plus tard, quand il filmera *The Reluctant Saint* (*Miracle à Cupertino*).

Full of Life se trouve repoussé, puis perdu dans la bataille, lorsque Kramer met fin à son mirifique arrangement avec la Columbia en 1954. Le studio garde les droits du roman, et un an plus tard Harry Cohn accepte de le confier à Richard Quine. Ancien acteur, Quine était rapidement devenu scénariste, puis metteur en scène. En 1955 il s'était déjà imposé comme cinéaste maison à la Columbia avec une solide réputation, surtout pour les comédies concoctées avec son partenaire Blake Edwards. Il venait de terminer *The Solid Gold Cadillac* (*Une cadillac en or massif*) avec Judy Holliday, et voyait en *Full of Life* une occasion de changer un peu de registre, pour lui aussi bien que pour Holliday, qui depuis son triomphe dans *Born Yesterday* (*Comment l'esprit vient aux femmes*) semblait confinée aux rôles de *dumb blondes* ; rôles d'idiotes qu'elle jouait brillamment et avec intelligence, mais dont elle aussi commençait à se fatiguer.

À la grande surprise de Fante, Quine fit appel à lui pour écrire le scénario. À Hollywood, il est très rare qu'un auteur ait l'occasion d'adapter son propre roman ; mais les deux hommes avaient un ami commun, William Asher (futur producteur de feuilletons et sitcoms télévisés, comme *I Love Lucy*), avec qui Fante jouait au poker. La personne de Fante enchantait presque autant Quine que les deux romans qu'il avait lus de lui grâce à Bill Asher (dont *Bandini*, qu'il a un moment songé à adapter au cinéma). Il savait qu'avec lui il conserverait l'humour et la chaleur contenus dans le roman. Comme toujours quand on le laissait tranquille et seul, Fante travaillait plutôt bien, et le script fut écrit sans trop de difficultés. Fante venait tous les deux ou trois jours, de Malibu aux studios Columbia, montrer ses scènes à Quine, qui souvent après son départ allait les lire tout haut à Judy Holliday. À en croire Quine, Fante au début avait tendance à trop s'éloigner du roman – syndrome classique de l'auteur qui adapte lui-même son œuvre (on songe à l'ennui excédé de Chandler quand il adapte *Lady in the Lake* (*La Dame du lac*) pour la MGM – avec des résultats réjouissants mais guère appréciés des producteurs).

La seule grosse différence entre film et livre – mais elle est de taille – vint néanmoins non pas de Fante mais de la vedette principale. Selon Joyce Fante, Judy Holliday refusait en effet de jouer les scènes où Emily Rocco se convertit au catholicisme pour satisfaire la famille de son mari – chose qui gênait l'actrice par rapport à ses amis libéraux new-yorkais. Il y aurait même eu une altercation assez vive entre Fante et Holliday – mais la vedette a finalement eu le dernier mot. « Absurde, commente Richard Quine en démentant cette anecdote, Judy était trop intelligente pour ça. Au contraire, ça l'amusait beaucoup en tant qu'actrice de jouer un pareil rôle, elle qui était juive, élevée dans un milieu athée et libéral. » Toujours est-il que dans le film, Emily se marie à l'église mais ne se convertit pas.

Fante avait aussi un problème avec papa Rocco. Le personnage est évidemment une version idéalisée de son père. Quine avait engagé Salvatore Baccaloni, le chanteur d'opéra-bouffe. Fante n'arrivait pas à se faire à un papa pareillement rondouillard. Il s'entendait en revanche très bien avec Richard Conte, qui jouait l'écrivain Johnny Rocco. Après tout, ils étaient *paisani*, et parlaient italien tous les deux.

Contrastant quelque peu avec les souvenirs enchantés qu'en a conservés Richard Quine, Joyce Fante affirme aujourd'hui que Fante, en privé, trouvait le film décevant. Il n'empêche qu'il eut beaucoup de succès et fut très important pour lui. Son script eut droit à une nomination aux Writers' Guild Awards, et son livre fut pendant trente ans le seul à être traduit en français. Pour coïncider avec la sortie du film, Marabout avait en effet publié *Pleine de vie* en livre de poche, avec photos des acteurs et épingle de nourrice en couverture. Ce succès mena aussi Fante à une série de travaux pour la Columbia aussi rémunérateurs que prestigieux – même si artistiquement douteux : *Jeanne Eagels* (*Un seul amour*) pour George Sidney, Kim Novak et Jeff Chandler, ou le désastreux *Walk on the Wild Side* (*La Rue chaude*). Tout comme il avait une affection particulière pour les pit-bull terriers, ces chiens féroces et immontrables, Fante s'entendait particulièrement bien avec le patron de la Columbia, Harry Cohn. Cohn ne respectait que les gens qui lui tenaient tête et lui renvoyaient ses insultes.

Deux ans après *Full of Life*, Cohn avait envoyé Richard Quine en Italie, en vue de préparer un script pour Jack Lemmon, *The Roses*, une histoire située à Naples juste après la guerre. Quine était aussi accessoirement chargé de tester des actrices à Rome et de ramener une ou deux « découvertes italiennes » au studio (c'était le début de cette vogue des imports exotiques). À peine arrivé à Naples, Quine avait décidé d'écrire le script sur place et de faire appel à Fante. Ce dernier était arrivé seul. Bien que parlant couramment l'italien, à cause de ses parents, ce petit-fils des Abruzzes n'avait jamais mis les pieds en Italie. Fante passera sept semaines mirifiques, travaillant sur le script tous les soirs, consacrant ses journées à s'imprégner de la ville, parcourant Naples à pied de bout en bout. Il adorait surtout Montecavario, le quartier populaire. En compagnie de Quine, il a pour ainsi dire fait tous les restaurants de la ville. Fante raffolait de la compagnie des Napolitains, dont il appréciait l'humour sauvage et la scélératesse (il fut enchanté en découvrant que leur chauffeur était aussi receleur).

Le script de *The Roses* était quasi terminé quand vint le jour fatidique. Quine était à Cinecittà, en train de tester ses actrices, lorsqu'il reçut un télégramme de Cohn : RENTREZ IMMÉDIATEMENT. À l'entendre, Quine était suffisamment indigné pour avoir la témérité de répondre par un autre câble : POURQUOI ? Le metteur en scène rit encore aujourd'hui en repensant à la vitesse surnaturelle que mit la réponse à lui parvenir : PARCE QUE JE VOUS LE DIS. D'après Quine, Cohn avait tout simplement dépensé tout l'argent que lui allouait la Bank of Boston, l'établissement qui finançait ses opérations. Il lui fallait attendre le début de la prochaine année fiscale pour d'autres débours. Entre-temps, Jack Lemmon était passé à autre chose. Quine aussi. Seul, Fante demeura inconsolable devant cette occasion perdue, malgré les merveilleux souvenirs qu'il gardait de son séjour à Naples. D'après sa veuve, Fante mettait leur retour forcé sur le dos de Quine, dont il jugeait les agissements un brin cavaliers. Cohn aurait en effet envoyé une série de télégrammes, auxquels Quine ne s'était même pas soucié de répondre, s'amusant trop en Italie. Excédé, le *mogul* avait mis fin à la récréation.

Fante n'en avait pourtant pas fini avec l'Italie, les voyages, ni les déceptions. En 1959, il se retrouve à Paris avec Darryl Zanuck, chargé d'écrire *The Fish Don't Bite*, une adaptation. Le *mogul* en exil est dans sa période Greco, et ne fait des films que pour elle. À Paris il fréquente d'autres Américains expatriés comme Orson Welles, Litvak ou Saroyan. C'est ce dernier qui, volontairement ou non, provoque l'annulation du projet auquel Fante est attaché : pour éponger une dette de jeu, Saroyan réussit à fourguer une pièce à Zanuck, prétendument parfaite pour Greco (*The Dogs*, tournée sous le titre *Lily Dafon*). Fante retourne à Malibu.

En 1960 il est à Rome, pour Dino De Laurentiis. Le script qu'il doit écrire concerne encore Naples et l'après-guerre : *Black City*, une histoire de marché noir, ne quittera malheureusement pas les tiroirs du producteur. L'année suivante, c'est Dmytryk cette fois qui est en Italie, pour filmer *The Reluctant Saint*, une ravissante histoire écrite par Fante et son ami Joe Petraca sur saint Joseph de Cupertino. Après avoir fugacement pensé à Jerry Lewis pour le rôle, Dmytryk a la riche idée de faire jouer ce saint simple d'esprit (qui au début du XVIIe siècle lévitait devant le pape et sa suite) par Maximilien Schell – excellent acteur, mais qui à l'époque n'avait joué que des nazis tortionnaires, et était perçu comme tel par le public américain. Bonnes intentions, musique de Nino Rota, bon accueil auprès des pontes de la Columbia, rien n'y fait : personne n'ira voir *The Reluctant Saint*, qui se trouva quand même primé par l'Institut catholique.

La même année, Fante est engagé par l'agent devenu producteur Charlie Feldman pour participer à la débâcle de *Walk on the Wild Side*. C'est à lui et à son collaborateur Ed Morris qu'incombe de mettre en chantier cette tâche impossible (à cause de la nature censurable du roman de Nelson Algren, d'abord, de celle de Feldman ensuite). Même s'il garde finalement son nom au générique, Fante ne sera qu'un scénariste parmi tant d'autres à avoir trempé dans cette sombre affaire. On peut citer Clifford Odets, Christopher Isherwood et Ben Hecht. Plus tard, dans une interview, Algren devait expliquer pourquoi il n'avait jamais voulu voir le film (avec Capucine, Laurence Harvey, Jane Fonda et Barbara Stanwyck) : « Pas plus que je ne voudrais descendre de chez moi si j'entendais dire qu'un type vient de se faire écraser dans la rue. *It's a mess.* »

Pour Fante, le reste des années soixante est une mauvaise passe. Il a toujours sa famille et ses jouets (ses éternelles voitures, dont il change constamment), mais les boulots sont de plus en plus difficiles à trouver dans une industrie du cinéma devenue malade, comme lui. Bien pire, il ne parvient plus à placer ses écrits auprès des éditeurs. Il se voit refuser coup sur coup deux romans, *1933 fut une mauvaise année* et *Mon chien Stupide*. Ce dernier récit donne une assez bonne idée de son état d'esprit et des fantômes qui l'assaillent à l'époque : c'est avec un humour ravageur qu'il dresse le constat de sa vie et de sa carrière. Durant cette période déprimante, il ne servira comme scénariste que sur *My Six Loves* (*Mes six amours et mon chien*) en 1963, un mélo pour Debbie Reynolds, et *Maya*, pour les King Brothers.

« Prostitution pure et simple », dit aujourd'hui Joyce Fante pour expliquer la participation de son mari à cette gentille histoire d'éléphant. C'était le premier film de John Berry depuis son retour d'exil, Clint Walker en était la vedette. Si le film représentait pour Fante un retour à la case départ, c'était presque la consécration pour les fameux frères King, Frank, Maurice et Herman (et leur bien plus terrible maman, qui les commandait d'une poigne de fer). La calvitie de Frank faisait d'eux une sorte de Trois Stooges[1] de la production indépendante à Hollywood. *Maya* était

1. Héros d'une série de films comiques américains. (*N.d.É.*)

de loin leur projet le plus ambitieux, tourné à l'étranger avec un budget de trois millions de dollars. Pour les quasi-truands qui avaient débuté dans le métier en cassant la banque sur le dos de Laurence Tierney avec le très fauché et fabuleusement profitable *Dillinger*, se voir soudainement distribués par la MGM et recevoir le prix Jeunesse et Famille décerné par le Motion Picture Council était une consécration aussi improbable qu'inespérée. Pour John Fante, c'était le fond de l'impasse.

Diabétique depuis longtemps, de plus en plus malade et déprimé, au seuil des années soixante-dix, Fante sortira de l'ornière en écrivant *Les Compagnons de la grappe*, une sorte de suite à *Pleins de vie*, centrée cette fois sur son père et ses frasques de vieillard à San Elmo. Ici encore la destinée de ce livre est liée au cinéma. Fante était à cette époque un auteur quasi oublié, dont presque aucun livre n'était disponible en librairie. Robert Towne avait découvert les romans de Fante par Carey McWilliams, dont les livres sur la Californie lui avaient servi d'inspiration pour écrire l'histoire de *Chinatown*. Parmi les scénaristes les mieux payés et les plus demandés de son époque, Towne était en mesure de prouver son admiration : après avoir acheté les droits des *Compagnons de la grappe*, il s'arrangea pour en faire paraître une version abrégée en 1975 dans *City*, le magazine que Francis Ford Coppola venait d'acquérir à San Francisco ; et deux ans plus tard sous forme de livre, chez Houghton Mifflin. Fante et sa femme furent invités à dîner chez Coppola au cours d'une soirée mémorable ; le maire Aliotto était présent, et Coppola avait fait projeter *Full of Life*. Fante devait écrire le film pour Coppola ; les agents devaient rédiger les contrats. Mais Towne fit bientôt savoir qu'il voulait écrire le script, qu'il se sentait capable de l'achever « en un rien de temps ». Il n'en fit jamais rien, pas plus qu'avec les options prises périodiquement sur *Demande à la poussière*. Pourtant en 1977, la jaquette des *Compagnons de la grappe* annonçait toujours le titre comme devant être la prochaine production de Coppola. Mais le projet fut balayé par le marasme d'*Apocalypse Now*, que Coppola mit plus de trois ans à achever. Aujourd'hui pourtant, dix ans après, on reparle de filmer *Les Compagnons de la grappe*, mis en scène par Robert Towne.

Fante, qui n'aimait pas beaucoup le cinéma et restait rarement jusqu'à la fin d'un film, ne verra jamais celui-là. En 1978, il n'a même plus ses yeux pour pleurer : les complications de son diabète l'ont rendu aveugle. On doit de plus l'amputer d'une jambe, puis de l'autre. Pour lui rendre goût à la vie, qui pour lui a toujours été écrire, Joyce Fante encourage son mari à commencer un nouveau livre. Se sachant sur le point d'être redécouvert (Black Sparrow réédite *Demande à la poussière* en 1980), il dicte un dernier roman à sa femme. *Rêves de Bunker Hill* est un livre curieusement enjoué et ensoleillé, vu les circonstances. Il voulait un moment l'intituler *Comment écrire un scénario*, car c'est aussi le récit de ses débuts à Hollywood dans les années trente.

Comme dans ses autres romans, tous autobiographiques, Fante mélange faits et dates, substitue noms et endroits, laissant retomber le tout comme au mikado – pour notre vif plaisir. Mais il n'est pas inintéressant d'en retrouver chaque bâtonnet, dans l'ordre et à sa place, d'autant plus que la trajectoire de John Fante est exemplaire en ce sens qu'elle met du plomb dans l'aile au cliché de l'écrivain séduit et abandonné – ou seulement vidé – par Hollywood.

*
* *

John Fante, de par son caractère et sa situation géographique et historique (il arrive du Colorado à Los Angeles en 1929), est cet exemple rare d'écrivain qui a tâté des studios *avant même de publier son premier roman*. L'histoire, comme toujours, n'est pas si simple.

On peut arbitrairement décider que Fante reçoit son baptême hollywoodien (« au rhum de trente-six ans d'âge », écrit-il à sa mère) à la Saint-Sylvestre 1933 – une party où Dolores Del Rio figure parmi les invités (« bien, mais un peu pimbêche »). C'est Ross Wills qui l'a amené. Wills est lecteur au *story department* de la MGM et, depuis quelques semaines déjà, lui et Fante font circuler un synopsis sur Dillinger et la Vallée de la Mort. Avec Frank Fenton, un Anglais un peu plus expérimenté qu'eux dans ce domaine, ils forment le trio infernal qui ne rêve que de « ventes » aux producteurs et de contrats mirifiques. Déjà l'année précédente Fante avait été reçu à Universal par Ernest Pagano, trente-huit ans, frère aîné de son futur ami et collègue Jo Pagano (*Faisans*, etc.). « Il gagne des tas d'argent et roule en Pierce Arrow », rapporte Fante à sa mère. Lui qui, en février 1933, s'estimait très heureux d'avoir reçu une avance de 450 dollars d'Alfred Knopf pour écrire un roman, commence à lorgner de l'autre côté de l'auge. Surtout qu'en avril son roman est refusé par l'éditeur (il s'agit de *Mater Dolorosa*). Fante, à cette époque, partage un bungalow dans le bas de la ville avec deux typographes. À la fin de juin, il annonce à sa mère qu'il a rendez-vous avec Frank Borzage (« un Italien, en plus d'être le plus grand metteur en scène qui soit »). Le 15 août, il est chez Warner Brothers depuis une semaine à peine quand il écrit à H.L. Mencken, sur papier à en-tête du studio :

« Qu'est-ce que je me marre ! J'ai une secrétaire et un grand bureau, et plein de gens qui me font des courbettes quand je passe, même si personne ne peut encadrer ma tronche de Rital. Non seulement je leur ai fait avaler cette eau de vaisselle, mais ça leur a coûté 1 500 dollars, plus de 250 dollars la semaine pour une période indéterminée. Whops !

« Parlez d'un film ! Je l'ai écrit pour Frankie Darro[1], mais ça ne leur allait pas. Kay Francis, ils disent. Alors je l'écris pour Kay Francis. Ensuite ils disent de la changer pour Barbara Stanwyck ; ce que je fais. Au départ, c'était une histoire de môme ; maintenant c'est une histoire de prison. Bientôt ça sera King Kong. »

Sur les registres comptables du studio, le projet en question s'intitule, tiens donc, *Bandini* ; l'histoire d'un tailleur de marbre nommé Svevo Bandini et de son fils Gino, une âme sensible qui joue du violon. Frank Fenton et Fante en sont les coauteurs, mais Fenton reste à la porte du studio ; par solidarité, Fante lui verse la moitié de son salaire (c'est du moins ce qu'il explique à sa mère pour expliquer la modicité des sommes envoyées à Roseville). Fante a beau faire le malin avec Mencken, il essaie de profiter au maximum de son séjour à Burbank, qui dure jusqu'en octobre. Il aura le temps de placer deux autres synopsis : *Dago Mike Cantello*, une histoire d'émigrant sicilien

1. Frankie Darro était un acteur-enfant, comme Jackie Cooper. *(N.d.T.)*

pourchassé par la Mafia, et *Dinky*. Il a même l'honneur de se faire tancer par un mémo très sec de son patron, Hal Wallis : « Je ne veux pas vous voir discuter d'aucun script avec Edward G. Robinson, ni aucun autre acteur. Adressez-vous en toutes choses exclusivement à votre superviseur, M. Bischoff. »

Warner, en fait, avait acheté *Bandini* pour Paul Muni, mais quelqu'un d'autre trouvait l'histoire parfaite pour Robinson et Bette Davis (« *a sort of* Human Bondage *in Little Italy* », résume Abem Finkel pour Hal Wallis). Le film ne se fera jamais, pas plus que *Dago Mike*. Avec Muni qui se fatigue des accents, les Ritals ne sont plus de saison, ou pas encore. Ironiquement, et malgré ses cachetons épisodiques dans divers studios, Fante n'aura son nom qu'une seule fois au générique d'un film dans les années trente – *Dinky*, l'histoire à laquelle il a sans doute le moins contribué. L'archéologie de ce film en dit long sur les aléas du métier, et sur la différence entre auteurs publiés et simples griffetons du scénario.

L'histoire de *Dinky* venait de Samuel Gilson Brown, frère cadet du scénariste-metteur en scène Rowland Brown (mentionné dans *Rêves de Bunker Hill*), avec qui Fenton avait déjà travaillé. Sam Brown était à Hollywood depuis des années, ayant longtemps travaillé à la Fox comme accessoiriste de Tom Mix et Murnau (avec qui il a passé un an à Tahiti pour *Tabu*). Le mélo de *Dinky* était basé sur une femme qu'il avait connue à la Fox, une employée de Tom Mix. « Elle lui faisait ses déclarations d'impôt, et trichait sur ses instructions. Quand il s'est fait prendre, c'est sur elle que c'est retombé. Elle avait un fils, dont elle a dû se séparer, et tout ça ; bref, j'ai un peu embelli et dramatisé. Je n'ai pas écrit le script, juste les grandes lignes de l'histoire. Comme je devais partir pour Londres accompagner mon frère qui devait faire *The Scarlet Pimpernel* (*Le Mouron rouge*) pour Korda, j'ai confié l'histoire à Frank Fenton, avec instruction de mettre Fante sur le coup. Fante n'avait aucune expérience comme scénariste, mais c'était un écrivain publié – et sacrément bon, en plus de ça – donc je pensais qu'il aurait plus de chances de vendre l'histoire. On devait partager en trois, mais ça a été la croix et la bannière pour me faire payer ma part, comme j'étais coincé à Londres, sans ressources après le départ de mon frère. Finalement ils m'ont quand même envoyé mes 500 dollars. » (Interview de Sam Brown, juillet 1986.) Ce fut encore un autre scénariste qui signa le script final de *Dinky*, Harry Sauber.

Entre-temps, Fante retourna à son hôtel de Bunker Hill, où il essaya de réécrire le roman refusé par Knopf. Sachant qu'il n'avait plus d'argent à toucher de l'éditeur avant longtemps, il n'était pas très pressé de le terminer. Fante n'a jamais, de toute sa vie, considéré autre chose que l'écriture comme moyen de soutien – même en période de pire disette. C'était son seul métier, il ne pouvait se rabattre comme son ami Bezzerides sur celui d'ingénieur ou camionneur, ou sur le journalisme comme tant d'autres. En janvier 1935, il est de retour à la Warner, travaillant cette fois-ci avec Joel Sayre pour le producteur Harry Joe Brown. On leur donne une histoire policière achetée à Joseph T. Shaw, le fameux « Captain » de *Black Mask*. Facétieusement peut-être, Robert Lord, le scénariste qui a préparé le découpage de *Stiletto*, appelle le cousin du personnage principal « Luigi Fante » ; il y a aussi un papa Fante et une mama Fante. En trois jours de travail intense, Fante présente un traitement de 49 pages avec 75 scènes ! Luigi Fante est devenu Luigi Fanare, et c'est à présent une histoire de trafiquant d'huile d'olive (« idéale pour E.G. Robinson ») ; nos deux farceurs poussent le vice jusqu'à faire une place dans le script à un Mussolini en culottes courtes. Joel Sayre – qui devait plus tard écrire un scénario avec Faulkner pour Howard Hawks, *The Road to Glory* (*Les Chemins de la gloire*) – était aussi un auteur du *Mercury* et ami de Mencken. Fante l'appelle l'« Homme-Montagne », une crème d'homme qui peut écrire un script dans son sommeil, ou « en faisant le poirier ».

Ou en jouant au mikado ? Comme le Frank Edgington de *Rêves de Bunker Hill* ? Cette création est en fait un mélange de Sayre, Pagano et Wills pour un bon tiers, et Frank Fenton pour le reste. Tandis que Fante rend son partenaire furieux par son zèle initial et son producteur encore plus excédé par les tangentes ethniques et domestiques qu'il fait prendre à l'histoire de *Stiletto*, le studio tourne *Dinky*, avec Jackie Cooper et Mary Astor. Le tournage s'effectue dans une école militaire à San Diego, et Wallis s'arrache les cheveux devant la lenteur du metteur en scène Ross Lederman, qu'il finira d'ailleurs par remplacer (« Pour quelqu'un qui torchait des films en huit jours, voilà qu'il se prend à présent pour Sternberg ! », écrit-il dans un mémo furibard).

Fante quitte la Warner le 25 mars 1935, et c'est le moment des grandes décisions. Malgré l'attrait du gain et la nouveauté, il déteste sincèrement travailler pour les studios ; il le dit et l'écrit à tout le monde. Le 27 mai 1935, il fait part à son ami McWilliams de sa décision de s'arracher presque symboliquement d'Hollywood afin de se mettre au travail sur un nouveau roman, qu'il espère bien donner à Knopf en remplacement du premier. « Le lait du réalisme hollywoodien ayant tourné, j'ai quitté la ville pour

Terminal Island... » C'est dans cet endroit au nom approprié, au milieu des conserveries et des pêcheurs philippins de Long Beach, qu'il essaiera d'écrire *La Route de Los Angeles*. Mais en août il se dissipe déjà, mettant son premier roman en pièces pour le débiter en nouvelles – qu'il finira d'ailleurs par vendre, non seulement à l'*American Mercury*, mais aussi à *Story* et l'*Atlantic Monthly*. En octobre, toujours par besoin d'argent, il retourne à la mine : cette fois-ci c'est au bas de l'échelle, pour les studios Republic, à 100 dollars par semaine au lieu des 250 de ses débuts chez Warner. Il se plaint des heures de travail, et l'absurde histoire de légion sur laquelle on le fait plancher le déprime tellement qu'il s'en détraque l'estomac. Il passe Noël de 1935 loin de sa famille, gravement malade. Mais dès janvier il va beaucoup mieux : il a pris un minuscule appartement dans Hollywood Boulevard, passé Vermont, et s'est mis en ménage avec une « chouette fille » qui veille sur lui tandis qu'il termine *La Route de Los Angeles*. À la fin de l'été, il sait déjà que son roman ne sera pas publié : ni Knopf, ni personne d'autre n'en veut. Malgré cet échec cuisant et décourageant, Fante ne retournera pas de sitôt aux galères dorées des studios. Comme il l'écrit à Mencken à ce moment-là : « C'est une existence misérable et très mauvaise pour les nerfs qui, en dernière analyse, ne vaut pas le coup. Le compromis devient de plus en plus difficile à contrôler. Hollywood est un sale endroit. Il tue les auteurs. On meurt jeune et de mort violente, ici. »

Après son mariage en 1937 commence pour Fante une période très fructueuse et créatrice : le couple vit à Los Angeles, déménage tous les six mois et subsiste sur les 94 dollars mensuels que gagne Joyce Fante au WPA Writers Project. C'est durant ces années que Fante écrit ses deux premiers livres publiés, *Bandini* et *Demande à la poussière*. En 1940, Viking sort *Dago Red*, « Gros qui tache », un recueil de ses nouvelles. Cette année-là, Fante renoue plus ou moins avec les studios, sans vraiment y mettre les pieds. Le couple réside désormais à Manhattan Beach, où habite aussi Al Bezzerides, un collègue et ami de longue date. Ensemble ils écrivent une histoire, « *To market, to market* », qui ne trouve pas acquéreur. D'après Bezzerides, Fante la confiera trois ans plus tard à son agent H.N. Swanson sous un titre différent, et cette fois cosignée Fante-Carey McWilliams !

East of the River sort aussi en 1940 ; bien qu'il soit « basé sur une histoire originale de John Fante et Ross B. Wills », on trouve sur ce petit film Warner avec John Garfield encore plus d'empreintes digitales que d'habitude. Fante avait vendu l'histoire en juin de l'année précédente, pour 1 100 dollars, sous le titre *Mama Ravioli*. Typiquement, le projet aura autant de titres que de réincarnations (*My Son*, *Bad Boy*, etc.), et encore plus de scénaristes. C'est Fred Niblo Jr. qui a son nom au générique, mais Abem Finkel, Robert Rossen et Lester Cole ont aussi planché dessus. En novembre 1939 *Bad Boy* est prêt à tourner, Garfield est passé à l'habillage, Judith Anderson aussi ; Vince Sherman est mis sur le film avec deux jours de préparation, et puis le film est repoussé. Plus tard, Wallis offre le script à Raoul Walsh, qui veut bien et suggère Raft ; et à Mark Hellinger, qui répond en se bouchant le nez (« *a definite stinkeroo* »). C'est finalement un routier, Al Green, qui dirigera ce film typique des productions de Brynie Foy, le préposé aux séries B chez Warner (l'« abiculteur » du studio ?), qui n'avait pas son pareil pour le script recyclé, prêt à porter, et l'improvisation parfois inspirée. Il n'empêche que lorsqu'on connaît *Dago Mike* et *Stiletto*, les « raviolis » ont un petit goût de réchauffé.

The Golden Fleecing, sorti la même année, était en revanche nettement plus réjouissant : une farce bien menée concernant un agent d'assurances (Lew Ayres, toujours jeune mais déjà has been) qui se trouve mêlé par erreur à des histoires de gangsters. C'était le genre de petit film que la MGM avait besoin de fabriquer pour ses suppléments de programmes. Le studio avait presque honte de ces confections aussi modestes et « roturières », sans se rendre compte qu'elles étaient souvent plus intéressantes que ses films vedettes ; elles échappaient en tout cas au terrible immobilisme et au chic solennel qui plombe la plupart des productions de ce studio si surestimé. Le film, réalisé par l'ancien acteur Leslie Fenton, bénéficiait d'une bonne distribution : Lloyd Nolan, Virginia Grey et l'irrépressible William Demarest. Seule l'histoire originale était de Fante-Fenton (Frank) ; c'est Laura et Sid Perelman, sœur et beau-frère de Nathanael West, qui signent le script.

L'année suivante, juste avant de quitter Hollywood pour Roseville en novembre 1941, Fante travaille sur quelque chose d'infiniment plus prometteur avec un autre ex-acteur et fatigué de l'être, Norman Foster. Orson Welles veut inclure leur histoire, *Love Story*, dans son vaste projet *Panamerican* qui deviendra *It's All True*. *Love Story* était la charmante histoire d'un jeune marié faisant croire à sa femme qu'il a construit une belle maison pour elle – mais Welles, jonglant déjà avec différents projets (les *Amberson*, une émission de radio, *Voyage Into Fear*, etc.) a vite abandonné l'idée d'un panneau nord-américain pour son film. À la place, Fante et Foster ont travaillé sur le segment mexicain du même projet, l'histoire d'un taureau gracié par le président d'une arène sur les supplications d'un enfant, intitulée *My Friend Bonito*. Pendant que Welles termine *La Splendeur des Amberson*, il expédie Foster au Mexique pour tourner *My Friend Bonito*. Durant toute cette période agitée, Welles se déclare enchanté des prises que lui envoie Foster – matériau effectivement magnifique que Richard Wilson et la RKO ont d'ailleurs restauré l'année dernière. *My Friend Bonito*, tout comme le reste de *It's All True*, restera pourtant inachevé : Welles fait revenir Foster pour diriger un projet nettement inférieur dont il n'a pas le temps de s'occuper, *Voyage au pays de la peur*. *My Friend Bonito* devait être terminé après que Welles aurait fini de tourner ses épisodes brésiliens à Rio. On sait ce qu'il en est advenu : accablé de problèmes (graves incidents durant le tournage, dont mort d'hommes, inquiétudes et problèmes au sujet des *Amberson*), Welles rentre à Hollywood avec un film brillant mais incomplet. À la fin de l'année, le studio renonce à poursuivre le projet.

Fante passe les premières années de guerre à San Francisco dans un service de propagande. Mais il reste suffisamment en contact avec Hollywood pour être employé de nouveau par la RKO en 1944, cette fois par Val Lewton, le talentueux producteur de *Cat People* (*La Féline*), *I Walked With a Zombie* (*Vaudou*) et autres films de série B extrêmement populaires à l'époque, d'un niveau bien supérieur à ce que pourraient laisser attendre leurs titres racoleurs. Lassé des films d'horreur, Lewton veut justement aborder un thème social, celui de la délinquance juvénile, avec un petit film d'abord intitulé *Are These Our Children?* Le studio, pensant bien faire, lui donne la jeune actrice Bonita Granville, qui vient de faire un malheur dans le film de propagande d'Edward Dmytryk *Hitler's Children*. Lewton a du mal à persuader la direction de laisser Mark Robson mettre en scène à la place de Dmytryk. Il fait écrire le scénario par Fante et Herbert Kline, utilisant même les services d'une fille de seize ans, animatrice dans un camp de jeunesse. Les honnêtes intentions de Lewton seront malheureusement torpillées par le bureau de censure (particulièrement virulent en ces années de guerre) et la direction du studio qui, après une *preview* désastreuse, fera remonter complètement le film, le défigurant à tel point que Lewton demandera (vainement) à retirer son nom du générique. Affublé d'un titre tapageur, *Youth Runs Wild* sort finalement en septembre. Le critique James Agee dans *Time* perçoit, derrière la maladresse et les conventions imposées, la chaleur et la sensibilité qui devaient caractériser le script original. Mais bien des années plus tard, Lewton reniait encore le film comme étant un *first-rate stinker*.

En 1952, alors que Kramer renonce à faire *Full of Life*, Fante est employé par la MGM pour écrire *My Man and I*, l'histoire d'une femme délaissée (Claire Trevor) qui jette son dévolu sur un travailleur mexicain (Ricardo Montalban) employé par son mari. Montalban et Shelley Winters (mémorable dans son rôle d'entraîneuse suicidaire) font des concours de pectoraux, et ce film jouit d'une mise en scène emballée de William Wellman, ainsi que d'une distribution supérieure à la norme (Jack Elam, Wendell Corey) pour un tel film de série. Al Bezzerides, qui travaillait au studio pour John Houseman sur *Holiday for Sinners* à la même époque, se souvient que Fante choquait les secrétaires de la Metro par son habitude de travailler en slip dans son bureau (« *Hell, it's hot !* »). Houseman, dans ses Mémoires, attribue cette excentricité à Bezzerides. Disons que les deux hommes en étaient parfaitement capables – capables aussi de raconter ça sur le compte de l'autre.

À partir de *Full of Life*, les boulots de cinéma vont cesser d'être, au mieux des pactoles inespérés, au pire des intermèdes déprimants. Fante sera désormais bien payé (entre 1 500 et 2 000 dollars la semaine), de quoi entretenir sa famille de plus en plus nombreuse et ses petits plaisirs onéreux : voitures, jeu, golf. Comme un paysan, il rentre le foin pendant qu'il est temps.

Fante n'a jamais aimé le cinéma ; sa femme a rarement vu la fin d'un film ou d'un programme de télévision quand il était avec elle. Mais s'il n'avait que peu de goût pour le métier de scénariste, il pouvait néanmoins l'exercer la conscience tranquille : très tôt sollicité et tenté par Hollywood, il s'est volontairement éloigné de cette activité. Il a écrit les romans qu'il avait à écrire. Ses livres ont toujours eu du mal à trouver les lecteurs qu'ils méritaient, et dans les années cinquante-soixante, ils ne trouvaient même plus d'éditeur. Ceci, Fante devait bien le sentir et en souffrir cruellement même s'il était trop fier pour en parler. Le ton de ses écrits, son originalité, son humour, sa sauvagerie et sa dérision n'étaient assurément pas faits pour l'époque. Le cinéma ne nous a sans doute pas privés d'autres livres essentiels qu'aurait écrits Fante. On doit même ses derniers livres, en grande partie, au cinéma (du moins les circonstances de leur parution). Avec toutes les chances et les désillusions qu'on vient d'énumérer ici, on peut seulement dire que le cinéma ne l'a ni mieux ni plus mal traité que son époque.

Los Angeles, novembre 1987

Filmographie *officielle* de John Fante

Dinky – Warner, 1935 (*co-story*)
East of the River – Warner, 1940 (*co-story*)
The Golden Fleecing – MGM, 1940 (*co-story*)
Youth Runs Wild – RKO, 1944 (*co-story*)
My Man and I – MGM, 1952 (*script*)
Full of Life (*Pleine de vie*) – Columbia, 1956 (*script, story*)
Jeanne Eagels (*Un seul amour*) – Columbia, 1957 (*script*)
The Reluctant Saint (*Miracle à Cupertino*) – Columbia, 1961 (*co-script*)
Walk On the Wild Side (*La Rue chaude*) – Columbia, 1961 (*co-script*)
My Six Loves (*Mes six amours et mon chien*) – Paramount, 1963 (*script*)
Maya – King Brothers-MGM, 1966 (*script*)

Remerciements et sources :

Joyce Fante, pour sa patience au cours d'innombrables entretiens, et sa permission de citer les lettres de son mari (*and going back to the well so many times*).
Sam Brown, entretien juillet 1986.
Richard Quine, entretien juin 1987.
Ed Morris, entretien juin 1987.
Al Bezzerides, Warner Archives, RKO Archives (John Hall).

Je dédie ce livre à H.L. Mencken,
avec mon indéfectible admiration.

C'était une grande maison parce que nous étions des gens aux grands projets. D'ailleurs le premier était déjà là, butte accrochée à la taille de ma femme, monticule agité de mouvements doux, telle une boule de serpents qui se lovent et frémissent. Dans les heures paisibles qui précèdent minuit, je collais mon oreille à l'endroit stratégique et entendais comme le ruissellement d'une source, des gargouillis, chuintements et autres clapotis.

Je disais alors : « Il se comporte incontestablement comme un mâle de l'espèce.

— Pas forcément.

— Une femme ne ruerait pas comme ça. »

Elle ne s'abaissait pas à discuter, ma Joyce. Elle avait cette chose en elle et se montrait distante, dédaigneuse, plongée dans un état de parfaite béatitude.

Mais moi, je n'aimais guère cette butte.

« Ce n'est vraiment pas esthétique, et je lui suggérais de porter quelque chose pour adoucir le relief du monticule.

— Tu veux donc sa mort ?

— Ils font des vêtements spéciaux. J'en ai vu. »

Elle m'a décoché un regard glacé : j'étais l'ignorant, le crétin qui avait croisé son chemin nocturne, un sous-homme maléfique et absurde.

La maison avait quatre chambres à coucher. C'était une belle maison. Il y avait une palissade autour du jardin et un grand toit pointu. Une allée de rosiers reliait la rue à la porte d'entrée. Il y avait une grande arcade au-dessus de la porte et un solide heurtoir de cuivre sur celle-ci. Il y avait un 37 dans le numéro inscrit sur le mur, et 37 est mon nombre porte-bonheur. Je traversais souvent la rue pour regarder l'ensemble, bouche bée.

Ma maison ! Quatre chambres à coucher. De l'espace. Pour l'instant nous étions deux à l'occuper, mais un troisième était en route. Finalement nous en aurions sept. C'était mon rêve. À trente ans, un homme a encore le temps d'en élever sept. Joyce avait vingt-quatre ans. Un bébé tous les deux ans. L'un allait bientôt arriver, il en restait encore six. Comme le monde était beau ! Comme le ciel était vaste ! Et que le rêveur est riche ! Bien entendu, il faudrait ajouter une ou deux chambres.

« Tu as des caprices ? Des envies particulières ? Cela arrive, paraît-il. J'ai lu quelque part que les femmes dans ton état y sont sujettes.

— Complètement faux. »

Elle aussi lisait : *Le Jeune Enfant dans la civilisation moderne*, par Arnold Gesell.

« C'est comment ?

— Très instructif. »

Elle regardait par la fenêtre dans la rue. C'était une rue animée, qui donnait dans Wilshire Boulevard, où les bus grondaient comme un troupeau meuglant, un rugissement régulier parfois lacéré par le hurlement des sirènes ; et pourtant tout cela restait feutré, distant d'une centaine de mètres.

« Nous ne pourrions pas avoir de nouvelles tentures ? Devons-nous supporter tout ce jaune et ces lambrequins verts ?

— Lambrequins ? C'est quoi un lambrequin, maman ?

— Pour l'amour du Ciel, ne m'appelle pas comme ça.

— Excuse-moi. »

Elle s'est replongée dans Arnold Gesell : *Le Jeune Enfant dans la civilisation moderne.* La grossesse est l'état idéal pour la lecture. Le monticule forme un superbe repose-livre, presque à hauteur du menton et très pratique pour tourner les pages. Joyce était très jolie, avec ses yeux gris incroyablement lumineux. Ces yeux avaient maintenant quelque chose de nouveau. Une sorte d'intrépidité proprement stupéfiante. On était contraint de détourner le regard. J'ai donc tourné la tête vers la fenêtre et découvert ce qu'était un lambrequin, car il n'y avait qu'eux de vert dans la pièce.

« Quel genre de lambrequin désires-tu, ma douce ?

— S'il te plaît, ne m'appelle pas non plus "ma douce". Je ne supporte pas ça. »

Je l'ai laissé assise là, ses yeux gris étincelant de colère, ses lèvres serrées autour du fume-cigarette, ses longs doigts blancs crispés sur le Gesell. Je suis sorti dans le jardin et me suis arrêté au milieu des roses pour admirer ma maison. La récompense de l'écrivain. Moi, John Fante, auteur de trois livres. Le premier vendu à 2 300 exemplaires, le deuxième à 4 800 exemplaires. Le troisième à 2 100 exemplaires. Heureusement qu'on ne vous demande pas ce genre de précision dans l'industrie du cinéma. Si vous pouvez leur fournir ce qu'ils veulent au bon moment, ils vous paient, et vous paient grassement. Pour l'instant je pouvais leur fournir ce qu'ils désiraient, moyennant quoi tous les jeudis arrivait un gros chèque.

Un monsieur est venu s'occuper des lambrequins. Il était bizarrement efféminé, avec des ongles translucides et un foulard écossais glissé dans le col de son manteau. Ses doigts fuselés voletaient autour de lui, et il partageait avec Joyce une intimité dont j'étais exclu. Ils riaient et bavardaient en prenant le thé avec des gâteaux ; elle était ravie d'avoir la compagnie d'un coq sans ergot. Il frémit à la seule vue des lambrequins verts, couina triomphalement en les déchirant, puis les remplaça par des bleus. Il fit venir un camion, et l'on emporta le mobilier pour le faire recouvrir d'un nouveau tissu assorti aux nouveaux lambrequins.

Le bleu calmait Joyce. Elle était maintenant très heureuse. Alors elle s'est mise à nettoyer les fenêtres. À cirer les planchers. Et comme elle n'aimait pas la machine à laver, elle a nettoyé tout le linge à la main. Deux fois par semaine, une femme de ménage s'acquittait des travaux les plus pénibles ; Joyce l'a renvoyée.

« Je n'ai besoin d'aucune aide. Je peux faire ça toute seule. »

Évidemment, tout ce travail l'a épuisée. Dix chemises, parfaitement repassées, se sont empilées. Il y avait une tache rouge sur son pouce, une brûlure. Ses cheveux cachaient son visage hagard, elle semblait vraiment très fatiguée. Mais le monticule était toujours aussi solidement planté, et nullement fatigué.

« Je ne pourrai pas continuer longtemps, elle a gémi. Avec cette grande maison et le reste…

— Pourquoi t'acharnes-tu à vouloir faire ça ? Tu sais bien que tu ne devrais pas.

— Tu aimes vivre dans la saleté ?

— Prends quelqu'un. Nous pouvons nous le permettre maintenant. »

Alors elle m'a détesté, elle a grincé des dents en relevant courageusement ses cheveux. Elle a pris un chiffon à poussière, est entrée dans la salle à manger d'un pas vacillant ; et là, totalement épuisée, appuyée sur les coudes, le souffle court, elle a entrepris de nettoyer la table.

« Laisse-moi t'aider.

— Ne me touche pas ! Va-t'en ! »

Elle s'est effondrée dans un fauteuil, les cheveux dans les yeux ; son pouce brûlé et douloureux était pour elle une marque de noblesse ; ses yeux épuisés lançaient des éclairs ; le chiffon à poussière pendait au bout de sa main ; sur ses lèvres, un sourire désabusé, nostalgique, m'a informé qu'elle songeait sans doute à une époque plus heureuse, probablement au San Francisco de l'été 1940, quand son corps était mince et qu'il n'y avait pas de tâches épuisantes, quand elle était libre et célibataire, qu'elle gravissait Telegraph Hill avec son chevalet et sa boîte de peintures, et qu'elle écrivait de tragiques sonnets d'amour en regardant le Golden Gate.

« Tu devrais avoir une femme de ménage à la journée. »

Nous traversions une période de vaches grasses ; l'argent s'entassait sur mon compte en banque, car il y avait un jeudi chaque semaine, qui m'amenait la visite de mon agent débordant d'affection et de bonne humeur, lequel m'apportait le chèque de la Paramount minoré de ses honoraires et des prélèvements du gouvernement. La somme restante était néanmoins rondelette.

« Va faire des courses, ma chérie. Achète-toi quelque chose. »

Qu'avais-je dit là ? J'avais oublié le monticule, et j'ai vainement essayé de rattraper ma gaffe. Mais Joyce n'avait pas oublié, et j'ai dû faire semblant de ne pas regarder quand elle a descendu l'escalier en trombe, mon gros ballon blanc d'épouse qui se retenait de roter, avant d'arpenter le jardin comme une prisonnière.

Elle a dit : « Cesse donc de me regarder. »

Elle a dit : « Je suppose que tu passes tout ton temps à mater les actrices d'Hollywood. »

Elle a dit : « À quoi penses-tu donc ? »

Elle a dit : « Plus jamais ça. Celui-ci sera mon premier et dernier. »

Quand je levais les yeux, je la voyais qui me foudroyait du regard en secouant la tête.

« Au nom du Ciel, pourquoi t'ai-je donc épousé ? »

Je restais tranquille en souriant bêtement, car moi non plus je ne savais pas pourquoi, mais j'étais très content et très fier qu'elle l'ait fait.

Sa folie des travaux ménagers a passé ; la femme de ménage a pu revenir. Joyce s'est ensuite intéressée au jardinage. Elle a acheté des livres et du matériel. Un jour, en rentrant à la maison, j'ai découvert dix sacs d'engrais dans le garage. Elle a arraché les douze plants de rosier de l'allée ; elle les a attaqués à la pelle pour retirer leurs racines, puis les a entassés en vrac dans la cour de derrière. Elle mettait des gants et passait ses journées à plat ventre sous les haies pour enfouir des bulbes, qu'elle recouvrait d'engrais et de tourbe. Ses genoux étaient rouge sombre, ses bras la démangeaient. Elle s'est prise de passion pour la propreté des sols. Chaque jour elle procédait à sa tournée d'inspection ; un grand sac de jute à la main, elle ramassait tout ce qui traînait. Elle s'est même mise à brûler tout ce qui n'était pas rivé à terre : brindilles tombées de la haie, feuilles mortes, bouts de bois. Dans la cour de derrière, elle a creusé un trou pour faire du fumier ; elle y entassait des herbes sèches, qu'elle mélangeait à de l'engrais, puis arrosait en touillant régulièrement avec un ustensile fourchu.

Quand, en fin d'après-midi, je rentrais la voiture au garage, je la trouvais souvent là. Le visage triste, un foulard blanc sur la tête, elle se tenait près de l'incinérateur où elle jetait tout ce qui pouvait brûler ; les cartons s'amoncelaient, prêts pour le feu, et Joyce regardait fixement les flammes, tisonnant parfois à l'aide d'un bâton. Sa frénésie de l'ordre et de la propreté s'étendait jusqu'à cet incinérateur. Elle rangeait soigneusement les boîtes de conserve vides les unes dans les autres, des cartons spéciaux étaient affectés à ces conserves, d'autres aux bouteilles vides. Avec les détritus de la cuisine, elle confectionnait de petits paquets impeccables, qu'elle enveloppait dans des journaux, puis ficelait soigneusement.

La nuit je l'entendais déambuler dans la maison ; elle claquait violemment la porte du réfrigérateur, tirait la chasse d'eau, allumait la radio en bas, se promenait dans la cour. Par la fenêtre je la voyais s'activer au clair de lune, ronde apparition enveloppée de velours frisé ; le monticule se déplaçait devant elle avec un majestueux aplomb, elle serrait un livre sous son bras, le plus souvent Arnold Gesell : *Le Jeune Enfant dans la civilisation moderne.*

« Tu ne pourras plus dormir avec moi, disait-elle. Plus jamais.

— Même après qu'il sera né ?

— C'est une fille. Ne dis pas : *il.*

— Pourquoi tiens-tu absolument à ce que ce soit une fille ?

— Je n'aime pas les garçons. Ils sont insupportables. Pour moi, ils sont à l'origine de tous les maux de la terre.

— Les filles aussi donnent parfois du fil à retordre.

— Ce n'est pas pareil.
— Tu verras, tu aimeras notre fils.
— Elle s'appellera Victoria.
— Il s'appellera Nick.
— Je préfère Victoria.
— Victor, tu veux dire ?
— J'ai dit Victoria. »

Il y avait aussi le besoin passionné que j'éprouvais d'elle. Je l'avais ressenti dès que je l'avais vue. La première fois elle était partie, elle avait quitté la maison de sa tante où nous nous étions rencontrés pour prendre le thé, et sans elle je n'ai plus été bon à rien – une véritable épave jusqu'à ce que je la revoie. Si elle me l'avait demandé, je serais volontiers devenu journaliste, poseur de briques, que sais-je encore ? En tout cas ma prose dérivait d'elle. Sans cesse je quittais ma table en haïssant ce métier d'écrivain, désespéré, froissant mes feuilles de papier avant de les jeter à travers la pièce. Alors elle plongeait son nez dans ces rebuts et chaque fois sauvait quelque chose ; car je ne savais jamais quand j'étais bon, je jugeais très quelconque tout ce que j'écrivais ; bref, je n'étais pas sûr de moi. Mais dans toutes ces pages que je jugeais irrécupérables, elle savait repérer les bons passages, les sauver, me supplier pour que je redémarre à partir de là, si bien que c'était devenu une habitude : je me remettais au boulot, lui tendais les nouvelles pages, elle jouait du ciseau et de la colle ; quand tout était terminé et que le résultat possédait un début, un milieu et une fin, j'étais encore plus stupéfait que devant mon texte imprimé, tout simplement parce que je n'y serais jamais arrivé seul.

Trois années de cette pratique, quatre, puis cinq, et j'ai commencé à m'initier à mon art ; pourtant, tout venait d'elle, et je n'ai jamais beaucoup songé à mes autres lecteurs, je n'écrivais que pour elle ; sans elle je n'aurais peut-être pas écrit une ligne.

Mais depuis qu'elle était enceinte, elle ne se donnait plus la peine de me lire. J'avais beau lui soumettre des passages de mon manuscrit, elle s'en désintéressait complètement. Cet hiver-là, alors qu'elle était au cinquième mois de sa grossesse, j'ai écrit une nouvelle et elle a renversé du café dessus – du jamais vu –, puis elle l'a lue en bâillant. Naguère, elle aurait emporté mon texte au lit, passé des heures à corriger, barrer, griffonner des notes en marge.

Telle une pierre, l'enfant nous séparait. Je me rongeais les sangs, je me demandais s'il en serait toujours ainsi. Je regrettais le bon vieux temps, quand je pouvais entrer dans sa chambre pour lui voler un peu de son intimité, un foulard, une robe, un bout de ruban blanc, dont le seul contact me donnait le vertige, me faisait coasser comme un crapaud-buffle malade d'amour. La chaise sur laquelle elle s'asseyait devant sa coiffeuse, le miroir qui reflétait son adorable visage, l'oreiller où elle avait posé sa tête, une paire de bas destinés à la lessive, la fourberie désarmante de sa culotte en soie, ses nuisettes, son savon, ses serviettes humides encore chaudes après le bain : j'avais besoin de tout cela ; ces objets faisaient partie de mon existence avec elle, et une tache de rouge à lèvres ne me gênait nullement, car ce rouge venait des lèvres chaudes de ma femme.

Mais tout avait changé. Ses robes étaient maintenant spécialement conçues, dotées d'un grand trou à travers lequel louchait le monticule, ses slips étaient d'absurdes sacs, ses chaussures plates semblaient importées des rizières orientales, et ses corsages pendaient comme une toile de tente. Quel homme aurait pu étreindre une robe pareille, la presser contre son visage, frémir de l'ancienne passion ? Et puis tout avait une odeur différente. Elle avait l'habitude d'employer un parfum subtil baptisé « Fougère au crépuscule ». On croyait respirer à la fois Chopin et Edna Millay ; quand cette merveilleuse odeur montait de ses cheveux et de ses épaules, je savais que la voie était libre et qu'elle voulait me séduire. Mais elle n'utilisait plus Fougère au crépuscule : elle préférait maintenant une sorte d'eau de Cologne médicale, qui empestait la bonne santé, l'alcool pharmaceutique, le savon bon marché. Il y avait aussi l'odeur des vitamines, de la levure de bière, de la mélasse et celle dégagée par un pâle onguent destiné à apaiser la douleur de ses mamelons enflammés.

Allongé dans mon lit, je l'entendais faire sa toilette en me demandant ce qui nous arrivait. Je fumais dans l'obscurité, gémissais en songeant qu'elle me poussait dans les bras d'une autre. Non, elle ne voulait plus de moi, elle désirait que je prenne une maîtresse. Mais quelle maîtresse ? Depuis des années je vivais à l'écart de la jungle où rôdent les célibataires. Où allais-je donc trouver une autre femme, à supposer que j'en veuille une ? Je me voyais embusqué dans Santa Monica Boulevard, bavardant avec des femmes libres dans de ténébreux bars louches, m'éreintant en répliques spirituelles, buvant comme un trou pour me cacher la sordide laideur de pareilles liaisons.

Non, je ne pouvais pas être infidèle à Joyce. Je ne le désirais même pas, et cela aussi m'inquiétait. Car tous les hommes n'avaient-ils pas l'habitude de tromper leur femme pendant leur grossesse ? Cela arrivait tout le temps au club de golf : beaucoup d'habitués m'en avaient parlé. Alors pourquoi n'en avais-je pas envie, moi ? Pourquoi n'étais-je pas en ville à courir la gueuse ? Je gisais donc là, essayant de ranimer le désir du fruit défendu. Mais rien à faire.

J'étais néanmoins content de dormir seul. J'avais oublié les agréments de la situation. Depuis quatre ans nous dormions côte à côte. On peut dire qu'elle m'avait dressé ; j'acceptais les coups de pied sans me plaindre, je dormais à moitié couvert depuis plus de mille trois cents nuits. À la fin, vu son état, la situation avait empiré. Tout fair-play l'avait abandonnée. Elle était retournée à la jungle primitive où chacun combat pour sa propre existence. Et maintenant elle me maltraitait avec une froide délibération. À n'importe quelle heure de la nuit elle me réveillait en m'arrachant mon oreiller, en mâchant bruyamment une pomme, ou par la torture raffinée des miettes de biscuit qui grattaient mes côtes. Elle mangeait comme une réfugiée récemment libérée d'un camp ; elle se mettait au lit avec de gros sandwichs et un pot de lait. D'ailleurs, sa consommation de lait était proprement stupéfiante. Adossée aux oreillers – les siens et les miens –, elle mangeait et lisait, surtout Arnold Gesell : *Le Jeune Enfant dans la civilisation moderne*. Arnold Gesell : *La Nutrition chez les nouveau-nés, une approche pédiatrique de l'hygiène au cours des premières semaines* (avec Ilg). Ou encore Margaret Gilbert : *Biographie du fœtus*.

Dix fois par nuit, elle sautait du lit pour se précipiter dans la salle de bains, où elle tirait violemment la chasse, ouvrait le robinet en grand, se brossait les dents, prenait des douches. Après quoi elle bondissait sur le lit et, déesse boursouflée trônant parmi les oreillers, s'installait sur un drap transformé en restaurant populaire. Si je remuais ou murmurais, elle s'en moquait comme de l'an quarante.

Oui, j'étais maintenant ravi de dormir seul, de m'allonger dans un lit qui n'était pas un magasin de *delicatessen*, d'étendre enfin bras et jambes. C'était un plaisir extraordinaire, un divertissement atavique, un retour vers notre mère la terre. Mais elle a deviné ma joie ; elle l'a sans doute perçue à travers le mur, car elle a commencé à me réclamer des choses. Un verre de lait, un sandwich, une allumette, un livre. Parfois, ma lampe de chevet s'allumait brusquement ; je découvrais Joyce, lourde, blême et triste, qui me disait d'une voix lugubre : « Je ne peux pas dormir. » C'était un lit pour une personne ; quand elle s'y glissait à côté de moi, je n'avais plus la moindre place si elle ne s'installait pas sur le dos. Alors le monticule semblait pointer vers le plafond. Je me recroquevillais. J'avais l'impression de dormir au bord d'un fossé.

« Tu me détestes, n'est-ce pas ? disait-elle.

— Je ne te déteste pas.

— Pourquoi te mets-tu à l'autre bout du lit ? Quelque chose ne va pas ?

— Je ne peux pas dormir sur toi.

— Tu pourrais, si tu voulais.

— Cela ne me tente pas. Désolé.

— C'est mon haleine ? »

Alors elle me soufflait dans la figure. Sa bouche, autrefois tiède et parfumée, dégageait maintenant une odeur je-suis-enceinte pas désagréable, mais pas agréable non plus.

« C'est fade. »

Un moment elle resta immobile, les yeux fixés au plafond, la butte blanche montant et descendant régulièrement, ses mains croisées dessus. Alors elle s'est mise à pleurer, un modeste ruisseau de larmes a glissé le long de son visage.

« Chérie ! Qu'y a-t-il ?

— Je suis constipée, elle a sangloté. Je suis toujours constipée. »

Je l'ai serrée contre moi, j'ai caressé ses cheveux, embrassé son front tiède.

« Personne n'aime une femme enceinte, elle a gémi. Je m'en aperçois bien. Dans la rue, dans les magasins, partout. Les passants me dévisagent sans arrêt. C'est affreux.

— Allons ! C'est uniquement ton imagination.

— Cet aimable boucher. Il était si gentil autrefois. Maintenant il ne me regarde même plus.

— Est-ce vraiment important ?

— Et comment, que c'est important ! »

Elle a beaucoup pleuré cette nuit-là, jusqu'à ce que son visage soit bouffi de larmes et que l'activité du nid la distraie. Alors elle a rejeté les couvertures.

« Regarde. »

L'enfant se débattait comme un chaton coincé dans un ballon. Il donnait de vigoureux coups de pied, et l'on apercevait même un pied minuscule qui martelait les murs de sa prison.

« Les filles ne ruent pas ainsi.

— Mais si. »

J'ai collé l'oreille contre la douce butte tiède et j'ai écouté. On aurait dit une brasserie : les tuyaux sifflaient, les cuves mijotaient, les lave-bouteilles cliquetaient sourdement et, très loin vers le toit de l'usine, quelqu'un appelait au secours.

Elle a pris ma main.

« Tâte sa tête. »

J'ai trouvé l'endroit ; cela avait la forme d'une balle de base-ball. J'ai palpé ce que je pensais être les mains, les pieds. Alors j'ai sursauté, mais je n'ai rien dit pour ne pas inquiéter Joyce. Il y avait deux balles de base-ball, *deux* têtes !

Je lui ai dit que c'était merveilleux, mais ma voix s'étranglait de peur devant l'horrible évidence : mon adorable Joyce portait un fardeau épouvantable. J'ai encore palpé l'endroit. Aucun doute possible : l'enfant était un monstre. J'ai grincé des dents et me suis allongé, plein d'amertume, trop effrayé pour parler. Pleurer à pareil moment n'était guère courageux, mais je n'ai pas réussi à contenir ma tristesse, et les larmes sont venues. Joyce s'est trompée sur leur nature : ravie, elle m'a submergé de tendresse.

« Mon chéri ! Tu es tellement émotif. »

J'ai finalement réussi à me maîtriser. Mais je voulais être seul pour réfléchir, téléphoner au Dr Stanley, voir si l'on pouvait faire quelque chose.

L'appétit de Joyce m'a finalement fourni un prétexte. Elle voulait un sandwich à l'avocat. Je me suis levé pour le lui préparer. Pourtant je désirais m'être trompé, si bien que je suis revenu sur mes pas.

« Laisse-moi encore le toucher, je lui ai dit.

— Bien sûr. »

Ma paume a parcouru l'endroit. J'ai failli m'évanouir quand les deux protubérances se sont enfoncées au creux de ma main. C'était donc vrai : nous avions engendré un monstre. J'ai descendu l'escalier d'un pas chancelant. Dans la petite pièce attenante à la cuisine, où nous avions installé le téléphone, je suis resté dans l'obscurité, la tête appuyée contre le mur, et de nouveau j'ai pleuré.

Tant de choses étaient claires maintenant ! Le passé s'étalait sous mes yeux comme une poubelle renversée. Car ce n'était pas la faute de Joyce. Sa vie était pure, sans tache. Mais la vie de garçon de John Fante abondait en aventures sans queue ni tête. Il y avait là de quoi rougir ; il y avait des péchés, de graves péchés, et quelque part au milieu de ce stupre on avait semé la punition ; maintenant l'heure de la maudite récolte approchait.

J'ai préparé le sandwich et suis remonté. Joyce, qui semblait flotter parmi les oreillers, était prête à recevoir la nourriture. Elle tendait les bras. Je n'ai pu le supporter. Je suis redescendu, j'ai mis le téléphone dans la cuisine, fermé les portes, puis composé le numéro du Dr Stanley. Il était à l'hôpital, où il attendait un accouchement.

« Je dois vous voir tout de suite.

— Comment va Joyce ?

— Bien. Il s'agit de moi – et de l'enfant.

— De vous ?

— J'arrive tout de suite. C'est très important. »

Ensuite, je suis remonté. Joyce terminait son sandwich. Puis elle s'est allongée de tout son long en regardant le monticule.

« Il est magnifique, elle a dit. Tout est magnifique. »

Là-dessus, ou plutôt là-dessous, elle s'est endormie. Je me suis habillé avant de redescendre sur la pointe des pieds pour aller au garage. Dehors, les rues étaient désertes. Il était trois heures moins le quart ; une sorte de folie imprégnait l'étrange silence de la vaste métropole. Dix minutes après, je me suis garé devant l'hôpital St. James. À la réception, on m'a appris que le Dr Stanley était au douzième étage. Il pratiquait tellement d'accouchements que l'hôpital lui réservait une chambre dans le pavillon de maternité, où il pouvait se reposer pendant quelques minutes. La porte était ouverte. Il était allongé sur un divan, en manches de chemise. Quand j'ai frappé, il s'est aussitôt réveillé. C'était un petit homme au visage poupin, dont les grands yeux exprimaient un perpétuel étonnement. Nous nous sommes serré la main.

« Vous attendez un enfant, vous aussi ? »

Je lui ai répondu qu'il n'y avait pas de quoi rire.

« Vraiment ?

— Je crois que je suis très malade.

— Vous me semblez en pleine forme.

— Attendez que je vous explique. Vous n'allez pas trouver ça drôle.

— J'attends. Asseyez-vous. »

Je me suis affalé sur le divan et j'ai cherché une cigarette. « L'enfant a quelque chose d'affreux.

— Je croyais que c'était vous le malade.

— J'y arrive. Mon malaise est lié à l'enfant. Ou plutôt ma maladie.

— De quelle maladie parlez-vous ? »

Je n'ai pas pu lui dire. Impossible de lui avouer la vérité.

« Quand avez-vous subi pour la dernière fois le test de Wassermann ? m'a-t-il demandé.

— Il y a un an, j'ai répondu. Mais il n'est pas infaillible, docteur. J'ai lu ça dans une revue.

— Avez-vous trompé votre femme ?

— Oui. Non, je veux dire. Enfin, avant mon mariage, il y avait une fille. Ou plutôt *des* filles. Bref, voilà, docteur : je suis inquiet.

— Pourquoi croyez-vous que votre enfant est anormal ?

— Je l'ai touché.

— Touché ? Comment ça ?

— J'ai posé la main sur l'estomac de Joyce.

— Et alors ?

— J'ai senti un truc bizarre.

— Quoi donc ?

— J'ai lu un article dans un journal médical, docteur. Parfois, le test de Wassermann ne fonctionne pas.

— Ça ressemblait à quoi ? »

Soudain je n'ai pas voulu parler de ça. Soudain j'ai compris que je faisais le crétin, que le bébé se portait comme un charme, qu'il n'avait pas deux têtes, que toute cette histoire m'était venue à l'esprit à cause d'une culpabilité mal digérée, et que ma présence au douzième étage de l'hôpital St. James à trois heures et demie du matin était parfaitement ridicule. Je voulais sortir d'ici, me retrouver dans ma voiture, sur le chemin de la maison, me glisser dans mon lit, tirer les couvertures sur ma tête, puis me réveiller frais et dispos à l'aube d'un jour nouveau. Au lieu de quoi je cassais les pieds à un médecin surmené ; et je n'avais désormais rien de mieux à faire qu'à déguerpir dignement.

« Docteur, je crois que je me suis lourdement trompé.

— Vous avez donc palpé le bébé et remarqué quelque chose de bizarre. Parlez-moi de cette impression. Décrivez-moi ça. »

La réponse était : deux têtes. Mais plutôt sauter par la fenêtre que d'en parler.

« Je suis désolé, docteur. Je me suis trompé. Je croyais seulement avoir senti quelque chose. Navré de vous avoir dérangé. »

J'ai fait mine de partir, mais il m'a retenu en appuyant sur un interphone mural ; presque aussitôt une infirmière est arrivée. Il m'a ordonné d'enlever ma veste et de remonter ma manche, car il voulait me rassurer, m'enlever tous mes doutes.

« Mais c'est absurde, docteur. Mon sang n'a rien – absolument rien ! »

Il a serré un ruban de caoutchouc autour de mon bras jusqu'à ce que les veines gonflent ; j'ai senti la pointe de l'aiguille s'enfoncer, puis regardé mon sang monter dans la seringue.

« Revenez demain soir, il m'a dit. À l'heure qui vous conviendra. Je serai ici avec les résultats de votre analyse. »

J'ai baissé ma manche et remis ma veste.

« C'est idiot, docteur. Je vous assure que je n'ai strictement rien.

— Rentrez chez vous. Dormez. »

Je suis rentré à la maison à travers les rues désertes en pensant à ces autres filles que j'avais connues, la douce Avis et la tendre Monica, et brusquement après toutes ces années j'ai regretté leur présence, car elles avaient été si belles et si aimantes, avec leurs corps superbes que ne déformait aucune grossesse, des filles que je désirais maintenant avec une avidité qui m'a surpris, mais toutes avaient disparu de ma vie, et j'ai failli pleurer en comprenant qu'elles ne seraient plus jamais miennes. C'était donc ça le mariage, une tombe, une prison méprisable où, à cause du désir tout-puissant d'être bon, respectable, entier, un homme se laissait ridiculiser à trois heures du matin, avec pour seule récompense une ribambelle d'enfants incapables de la moindre gratitude. Je les imaginais déjà, ces enfants, me flanquer à la rue quand je serais vieux, me chasser de mon foyer, remplir des papiers pour me transférer dans un asile et se débarrasser de moi, vieillard chevrotant qui avait sacrifié les meilleures années de son existence pour qu'ils puissent croquer la vie à pleines dents. Ma récompense, ce serait cela !

Le lendemain soir, de retour à l'hôpital, j'attendais le rapport du Dr Stanley sur mon analyse de sang. J'enrageais d'être là.

Le Dr Stanley procédait à un accouchement, et l'infirmière me demanda d'attendre dans la salle réservée aux pères. Je me suis retrouvé entre deux futurs élus ; l'un dormait sur un fauteuil en cuir, l'autre lisait une revue. Fumant cigarette sur cigarette, je marchais de long en large. Tout cela était absurde. Je n'avais rien à faire ici – du moins pour l'instant. Pourtant j'étais bel et bien là, et le type qui lisait sa revue a pensé que nous partagions un sort commun.

« Comment va vot' dame ? il m'a demandé.

— Bien. Et la vôtre ?

— Mal. »

Ses yeux se résumaient à deux fentes rougies ; l'inquiétude semblait ronger son visage. Il avait les cheveux longs, il n'était pas rasé. « Ça fait treize heures que ça dure.

— Je suis désolé.

— Y vont p'têt' faire une césarienne. »

Vraiment, je n'étais pas à ma place. Je profanais ce lieu où la vie commençait, où des femmes souffraient, où des hommes s'inquiétaient. Ces gens avaient de vrais problèmes, alors que moi, victime de moi-même, je faisais l'imbécile.

« Monsieur Fante… »

Le père césarien m'a serré la main. L'autre père s'est levé aussi pour me tendre la main. Ils m'ont souhaité bonne chance. Je les ai remerciés, puis j'ai suivi l'infirmière dans le couloir jusqu'à la petite chambre du Dr Stanley. Il était là, avec une feuille de papier.

« Tout va bien pour vous.

— Je le savais. »

Il a souri

« Qu'avez-vous mangé au dîner hier soir ? »

Je le lui ai dit : des spaghettis, des boulettes de viande, de la salade, du vin, de la glace. « Pourquoi, docteur ?

— Le cholestérol. L'analyse révèle un excès de cholestérol. Votre menu d'hier explique cela.

— Le cholestérol ! Grand Dieu, docteur ! J'ai lu des articles sur le cholestérol. C'est dangereux. Il bloque les artères et provoque des crises cardiaques. J'ai lu ça dans *Hygeia*.

— Vous avez des problèmes cardiaques ?

— Pas encore, mais…

— Ne vous en faites pas.

— Le cholestérol… Il fallait que ça tombe sur moi. »

Il m'a conseillé d'arrêter de lire des articles médicaux et d'oublier tout ça, mais je ne pouvais pas l'oublier, j'ai longé le couloir en titubant, appuyé sur le bouton de l'ascenseur, la sueur giclait des pores de mes mains, j'ai descendu les étages, mon ventre gargouillait, le cholestérol, les crises cardiaques, l'écrivain s'écroule et meurt d'une attaque, j'ai zigzagué sur le trottoir, ouvert la portière de ma voiture ; derrière le volant, j'ai tâté mon pouls, compté les battements de cœur en regardant la trotteuse de ma montre, John Fante, brusquement emporté, une carrière brisée, soixante-douze battements à la minute, mon Dieu, le cholestérol : il fallait que je travaille la question, que je fasse des recherches pour mieux connaître cette horrible substance.

Quand je suis rentré, Joyce dormait. Il était minuit. Je me suis couché en gardant la lumière allumée, car je prenais fréquemment mon pouls. La nuit a été atroce. Je me rappelle le petit jour, et puis je me suis endormi. Je me suis réveillé vers midi, en forme.

Dans sa chambre, Joyce écrivait des lettres.

« Tu as bien dormi ?

— Non, très mal, elle a répondu. Je n'ai pas fermé l'œil de la nuit.

— Ne mangeons plus de spaghettis. C'est plein de cholestérol.

— Ah bon ?

— Mangeons des salades vertes, des carottes. Des légumes verts. Ça te fera un bien fou. »

Dans la salle de bains, j'ai pris mon pouls. Soixante-huit. Quatre de moins qu'hier. Un pouls lent vaut mieux qu'un pouls rapide. Sans aucun doute. J'avais lu ça dans plusieurs périodiques.

À neuf heures vingt-sept, dans la matinée du 18 mars, au septième mois de sa grossesse, Joyce Fante traversa le plancher de la cuisine. Son poids confortable – elle avait pris vingt-cinq livres et pesait maintenant soixante-douze kilos – plus l'état de la charpente en bois, infestée de termites sous le linoléum, furent les causes déterminantes d'une chute qui précipita ma femme et son gros monticule à un bon mètre dans le sous-sol de notre maison.

À ce moment précis j'étais en haut dans la baignoire ; je me rappelle parfaitement les événements qui ont précédé et suivi la catastrophe. Il y a d'abord eu cette belle matinée paisible, toute baignée des rayons dorés du soleil, la somnolence du bain, les évocations mystérieuses de l'eau, la conjuration de choses lointaines, et puis, venant de quelque part ou peut-être de partout, un frémissement atmosphérique, le présage sinistre des réactions en chaîne de matières fissiles. Quelques instants plus tard, j'ai entendu son cri. Ç'a été un hurlement de théâtre, Barbara Stanwyck prise au piège par un violeur, il a tétanisé les muscles de mon dos comme la poigne d'un géant.

J'ai bondi hors de la baignoire et ouvert la porte. J'entendais Joyce hurler en bas. Ma seule pensée allait à l'enfant – le précieux melon blanc.

« J'arrive, Joyce ! Sois courageuse, ma chérie. J'arrive ! »

J'avais un revolver dans ma chambre, mais à cet instant je songeais seulement qu'elle avait besoin de moi. Nu et terrifié, j'ai descendu l'escalier quatre à quatre en sachant que j'effectuais mes derniers pas sur cette terre, que nous allions mourir ensemble, et que si j'avais été armé nous aurions pu survivre ensemble.

Je ne l'ai pas vue tout de suite. Et puis je l'ai aperçue devant la cuisinière, coincée dans le trou où elle était tombée, coupée comme une naine, une tranche de jambon dans une main, une casserole dans l'autre, au milieu de nombreux œufs brisés qui se répandaient autour d'elle. Elle était plus furieuse que meurtrie ; du beurre fondu dégoulinait dans ses cheveux et se mêlait à ses larmes ; des jaunes d'œuf coulaient de ses coudes.

« Sors-moi de là, s'il te plaît. »

Je l'ai tirée de son trou. Elle était étonnamment calme. Je suis resté à regarder le plancher.

« Que s'est-il passé ? »

Ses doigts ont palpé le monticule, à la recherche de la vie. Puis elle a composé un numéro de téléphone.

« Dites au Dr Stanley de se dépêcher. C'est une urgence. » Elle a raccroché, s'est dirigée vers l'escalier.

« Comment est-ce arrivé ? »

Elle n'a rien répondu. Quelques secondes après, elle était couchée. Je m'activais autour d'elle. Elle était pâle, mais très calme. Alors elle a fermé les yeux. Ça m'a fait peur. Je l'ai secouée.

« Ça va ?

— Je crois. »

Elle a encore fermé les yeux. Et moi, j'ai encore eu peur. Je suis descendu en courant pour lui servir un cognac. Elle l'a refusé. Je lui ai demandé de ne pas fermer les yeux.

« Je me repose simplement.

— Je crois que tu ne devrais pas fermer les yeux.

— Je me repose simplement en attendant le docteur. »

Vingt minutes après l'accident, le Dr Stanley est arrivé je l'ai fait monter et il a entrepris de l'examiner. Sa chute n'avait blessé ni Joyce ni l'enfant. Il a rangé son stéthoscope. Je suis redescendu avec lui et l'ai raccompagné à la porte. Je pensais que nous devions parler de tout cela en tête-à-tête.

« Je peux faire quelque chose, docteur ?

— Non. Absolument rien. »

Il y avait de la froideur dans ses yeux. Il commençait à en avoir assez de nous deux. Nous lui prenions trop de temps avec des peccadilles.

Je suis allé à la cuisine pour regarder le trou dans le plancher. Les moisissures et les termites avaient rongé le bois. Il s'émiettait entre mes doigts. J'ai traversé la pièce en direction de l'évier et donné un coup de talon dans le linoléum ; il s'est fendu, ça a fait un trou. Apparemment tout le sol était pourri. Dans le coin réservé au petit déjeuner, j'ai flanqué un coup de poing dans le mur ; mes articulations se sont enfoncées dans le plâtre et le bois spongieux. Je suis ensuite monté sur la table de la cuisine pour examiner le plafond, mais sous mon poids les pieds de la table se sont enfoncés dans le sol. Alors je suis allé dans la salle à manger et me suis arrêté devant un pan de mur vert pâle fraîchement repeint, immaculé. J'ai levé le poing pour frapper, mais j'ai alors senti un immense malaise et me suis figé.

Ma maison ! Pourquoi ces malheurs arrivaient-ils à John Fante ? Qu'avais-je donc fait pour bouleverser le rythme des étoiles ? Je suis retourné près du trou de Joyce pour l'examiner. J'ai ramassé un bout de bois pourri. Alors je les ai vues, ces sales petites bestioles blanches qui infestaient le bois mort, le bois de ma maison, j'en ai saisi une entre mes doigts, ses minuscules pattes blanches ont battu l'air – un termite, bête inhumaine –, et je l'ai tuée ; moi qui n'aurais pas fait de mal à une mouche, j'ai tué cette saleté d'insecte à cause de ce que sa race avait fait à ma maison. Le premier termite que j'aie jamais tué. Auparavant, je les considérais avec une curiosité admirative ; car j'étais un fervent pratiquant de la philosophie vivre-et-laisser-vivre, et maintenant j'étais récompensé par cette méprisable trahison. Oui, je devais revoir ma conception des choses, modifier ma relation avec les insectes, reconnaître la dure réalité des faits, moyennant quoi j'ai aussitôt commencé de les exterminer ; j'arrachais le bois, je les écrasais, je trucidais froidement ces petites bestioles paniquées qui couraient entre mes doigts.

L'agent immobilier qui nous avait vendu la maison s'appelait J.W. Randall. C'était un homme maigre et rusé, un cow-boy qui avait renoncé à la selle. Il est venu se rendre compte des dégâts. Il a écrasé un morceau de bois pourri entre ses doigts, puis chassé les termites qui fuyaient dans l'abondante forêt des poils du dos de sa main.

« Monsieur Randall, vous nous avez trompés. Je vais vous poursuivre en justice.

— Vous ne pouvez pas me poursuivre.

— C'est vous qui nous avez vendu la maison.

— Smith est votre homme. Poursuivez Smith devant les tribunaux. »

Smith était l'inspecteur des termites.

« Tu entends, Joyce ? Smith est notre homme. Nous allons le traîner devant les tribunaux. »

Alors Joyce a dit : « Monsieur Randall, vous êtes une canaille. »

Le cow-boy a tressailli.

« Une seconde, ma petite dame. »

Elle s'est détournée de lui. M. Randall était blessé, en colère. Il est sorti de la maison à grands pas rageurs. Je me suis élancé derrière lui. Il est monté dans sa voiture, hargneux et respirant par le nez comme un taureau furieux.

« Je suis dans le métier depuis trente ans. Sacré nom de Dieu ! C'est moi qui ai fait Wilshire Boulevard ! Et elle ose me traiter de canaille.

— Elle est bouleversée, monsieur Randall. Cela tient à son état.

— Fils, laisse-moi te donner un bon conseil. Je suis grand-père. J'ai quatre petits-enfants. Tu ferais bien de calmer la petite dame. Une femme enceinte doit avoir des pensées pures. Pas étonnant qu'il y ait tant de délinquance juvénile. Fais bien attention, fils. Je sais de quoi je parle.

— Et Smith ?

— Poursuis cet homme en justice. »

Mais impossible de mettre la main sur Smith. Je suis allé au garage où il avait installé son quartier général, une vague cahute derrière une boutique de menuisier dans Temple Street. Il avait baptisé sa compagnie Meurtre, Inc. Il n'était plus là. Personne ne savait rien de lui, sinon qu'il avait un faible pour l'Angelica, un vin doux de Californie. J'ai exposé mon problème à un avocat. Il m'a répondu qu'on ne pourrait pas obtenir de jugement avant deux ans, et puis que sans Smith mon dossier ne valait pas tripette.

Un entrepreneur est venu à la maison pour nous donner une estimation des réparations. Il a dit quatre mille dollars.

Joyce : « On pourrait avoir dix bébés avec cet argent. »

Quatre mille dollars ! Ça m'est resté en travers de la gorge. Malade, blessé, j'ai chancelé dans la cuisine. Les termites avaient fait leurs plus gros dégâts dans cette pièce. À quatre pattes sous l'évier, j'ai tâtonné, tendu l'oreille. Brusquement j'ai entendu un bruit. J'ai collé l'oreille contre le sol. En dessous, à quelques centimètres seulement, je les ai entendues, ces sales bêtes, qui rongeaient mon bois. Des milliers de mâchoires minuscules mastiquaient rythmiquement, se repaissaient de la chair et du sang de John Fante.

Alors brusquement, j'ai su ce qu'il fallait faire. Telle une eau fraîche, une pensée m'a revigoré. Les nuages se dissipaient, l'orage fuyait et il était là, victorieux comme la lumière du soleil, le plus grand poseur de briques de toute la Californie, le plus noble de tous les bâtisseurs ! Papa ! La chair de ma chair, le sang de mon sang, ce bon vieux Nick Fante. J'ai couru vers l'escalier pour appeler Joyce.

« Nous sommes des aveugles ! des crétins !

— Pourquoi ?

— Mon père !

— Magnifique ! »

Elle est descendue rapidement et nous sommes tombés dans les bras l'un de l'autre. Elle aussi aimait papa, et il l'adorait.

« Il fera ça pour rien. Nous allons économiser des milliers de dollars. »

Mais elle était grave, pensive.

« Promets-moi une chose.

— Certainement.

— Promets-toi de ne jamais traiter notre enfant comme ton père t'a traité.

— C'était un bon père, dur mais bon.

— Un jour il t'a battu jusqu'au sang avec une truelle. Ta sœur Stella me l'a raconté.

— Je ne l'avais pas volé. J'avais vendu sa bétonnière pour acheter une bicyclette.

— Aujourd'hui on ne bat plus les enfants. Ça ne se fait plus. On leur retire un de leurs privilèges.

— Il ne voulait pas m'acheter de bicyclette. Et puis c'était sa seule bétonnière.

— As-tu lu *L'Enfant loup et l'enfant humain*, par Gesell ? »

Je ne l'avais pas lu.

« Tous les pères devraient lire ce livre. C'est fondamental.

— Je le lirai quand j'irai dans le Nord. »

Maman et papa vivaient à San Juan, dans la vallée de Sacramento, à une vingtaine de kilomètres de la capitale fédérale. Ils s'étaient assuré une retraite paisible et semblaient flotter à travers la période la plus tranquille de leur existence. Ils habitaient une maison de quatre pièces construite en séquoia ; un vaste figuier faisait de l'ombre dans le jardin. Une douzaine de poules caquetaient dans le poulailler, des volatiles dodus, engraissés par les figues tombées à terre et par les généreuses vignes de tokay qui menaçaient la clôture derrière la maison. Ces poules pondaient de gros œufs dont maman aimait sentir la chaleur contre sa paume ; car ils lui rappelaient l'époque révolue où les enfants étaient plus nombreux que les œufs.

Sur un tonneau installé sous le figuier dormaient les quatre chats de papa, luisantes divinités égyptiennes, dont le poil resplendissait de tous les cœurs de bœuf, cervelles de mouton et assiettées de lait qu'ils ingurgitaient. Ces quatre chats avaient remplacé les quatre enfants qui avaient grandi, quitté la vallée pour se marier, acquis une mauvaise vue et des dents cariées, car à cette époque le travail était rare, et papa n'avait jamais gagné assez d'argent pour nourrir ses enfants avec des cœurs de bœuf, des cervelles de mouton ou des bouteilles de lait.

Ils vivaient dans une solitude sereine, mon papa et maman, ils lisaient *L'Abeille de Sacramento*, écoutaient la radio, ramassaient les œufs et ratissaient les grandes feuilles vertes du figuier. Ils venaient de franchir le cap de la soixantaine ; chaque jour de la semaine, ils attendaient le facteur, qui ne les terrorisait plus avec des factures, mais leur délivrait trop rarement une lettre de leurs enfants.

Stella n'avait pas besoin de leur écrire, car elle et son mari habitaient une ferme près de San Juan et venaient les voir deux fois par semaine avec des paniers pleins de *zucchini*, de tomates, de pêches, d'oranges et de beurre.

Stella arrivait avec ses petites filles. Pendant les après-midi brûlants, papa s'asseyait avec elles sous le figuier ; il leur faisait boire en douce du vin glacé, leur racontait des histoires et il se demandait pourquoi, au nom de Notre-Dame du Mont-Carmel, il n'avait pas encore de petit-fils. Car papa avait soixante-sept ans, et il avait beau admirer les jeunes femmes non italiennes épousées par ses fils, il les suspectait néanmoins de trahison en matière de procréation. Ou de ne pas savoir s'y prendre.

Une fois par semaine Joe Muto descendait la route dans son camion Ford pour livrer une dizaine de litres de vin rouge à dix *cents* le litre. Il adorait amener ses quatre petits-fils, des gamins aux yeux noirs et aux visages de Muto, que papa grondait régulièrement parce qu'ils n'étaient pas à lui.

La vie sans petit-fils n'était tout bonnement pas la vie. Assis sous son figuier, papa inclinait la bonbonne de vin rouge sur son épaule et buvait le vin frais en broyant du noir. Le facteur passait en fin d'après-midi, maman se tenait près de la boîte à lettres du portail, où elle faisait semblant d'arracher quelques mauvaises herbes. Quand il n'y avait pas de courrier, elle en arrachait encore une ou deux, jetait un coup d'œil navré en direction de Sacramento, puis rentrait à pas lents et en grimaçant, car elle souffrait d'arthrite. Jour après jour, papa assistait à cette scène. Alors, perdant patience, il éclatait :

« Apporte une plume et de l'encre ! »

Maman qui était obéissante, sortait de la maison avec une petite table et le nécessaire d'écriture, posait le tout sur le tonneau sous le figuier, puis s'installait pour écrire une nouvelle circulaire que papa adressait à ses trois fils : l'un à Seattle, un autre à Susanville, et le troisième dans le Sud. Elle n'envoyait jamais ces lettres, dont le grand mérite était pourtant d'apaiser son époux, car papa tirait une immense satisfaction de leur dictée ; elles calmaient ses nerfs, tandis qu'il marchait de long en large sous les feuilles bruissantes, s'arrêtant de temps à autre pour boire pensivement une gorgée de vin rouge.

« Envoie cette lettre aux trois. Écris correctement. Et note tout ce que je te dis. Ne change pas un seul mot. »

Elle trempait la plume dans l'encrier et coinçait ses genoux contre le tonneau, car elle était inconfortablement assise sur une caisse de pommes.

Mes chers fils,

Votre mère va bien. Moi aussi, je vais bien. Nous n'avons plus besoin de vous. Payez-vous donc du bon temps, riez et amusez-vous, et surtout oubliez votre père. Mais pas votre mère. Ne vous en faites pas pour votre père. C'est de votre mère qu'il s'agit.

Votre père a travaillé dur pour vous acheter des chaussures et vous inscrire à l'école. Il ne regrette rien. Il n'a besoin de rien. Alors payez-vous du bon temps, mes enfants, riez et amusez-vous, mais de temps à autre pensez à votre mère. Écrivez-lui une lettre. N'écrivez surtout pas à votre père, car il n'en a pas besoin, mais maintenant votre mère vieillit, les enfants. Vous savez ce que c'est que de vieillir. Alors payez-vous du bon temps pendant que vous êtes jeunes. Riez et amusez-vous ; mais pensez parfois à votre mère. Ne faites pas attention à votre père. Il n'a jamais eu besoin de votre aide. Mais votre mère se sent bien seule. Payez-vous du bon temps. Riez et amusez-vous.

Bien à vous,

Nick Fante.

Quand maman avait terminé, il buvait une dernière gorgée, faisait claquer ses lèvres, puis ajoutait : « Envoie-moi ça par avion. »

Arrivé à Burbank en avion, j'ai pris le bus pour Sacramento, et atteint San Juan vers midi. Mes parents vivaient en bordure de la ville, là où l'asphalte municipal s'arrêtait, à une trentaine de mètres du dernier lampadaire. Quand j'ai descendu la route au-delà de l'ancienne palissade, j'ai aperçu papa sous le figuier. Sa planche à dessin était posée sur le tonneau ; dessus, il y avait des crayons, des règles, un té. Les chats dormaient sur la balançoire, où ils formaient une soyeuse boule brûlante.

Quand il a entendu le portillon grincer, papa s'est retourné, et ses yeux chassieux se sont plissés pour accommoder à travers les ondes de chaleur. C'était ma première visite depuis six mois. Hormis sa vue, il était en pleine forme. Il avait de solides mains pareilles à des briques, un cou bronzé, beau comme un tuyau d'égout. J'étais à vingt mètres de lui quand il m'a reconnu. J'ai laissé tomber mon sac de voyage et tendu la main.

« Bonjour, papa. »

Il avait les mains racornies, couvertes de cals, d'un Belzébuth, les doigts noueux car souvent brisés du poseur de briques. Il a baissé les yeux vers mon sac.

« Qu'est-ce que t'as là-dedans ?

— Des chemises, des affaires. »

Il m'a observé attentivement.

« Nouveau costume ?

— Assez récent.

— Combien ? »

Je le lui ai dit.

« Trop cher. »

L'émotion s'accumulait en lui. Il était ravi de ma visite, mais essayait de ne pas le montrer ; et son menton tremblait.

« Tu sens le poivron ? Maman est en train de frire des poivrons. »

De la véranda s'exhalait le merveilleux parfum des poivrons verts frais qui revenaient dans l'huile d'olive dorée, avec l'odeur délicieuse de l'ail et le baume du romarin ; ces effluves se mêlaient à la senteur des magnolias ainsi qu'à la lourde odeur des vignes de l'arrière-pays.

« Ça sent bon. Comment vas-tu, papa ? »

Il rapetissait. Chaque année il se tassait un peu, c'était du moins mon impression. Ni lui ni moi n'étions grands, mais à la fin de sa vie il me donnait le sentiment d'être plus petit qu'en réalité. Le jardin aussi rapetissait et puis le figuier m'a surpris. Il n'était pas aussi gros que dans mon souvenir.

« Le bébé. Comment va le petit *bambino* ?

— Encore à peu près six semaines d'attente.

— Et Miss Joyce ? » Il l'adorait. Il ne se résolvait pas à l'appeler simplement par son nom.

« Elle va bien.

— Elle le porte haut ? » Il toucha son menton. « Ou bas ? » Sa main tomba vers son estomac.

« Haut. Tout en haut, papa.

— Bon. Ça veut dire un garçon.

— Je ne sais pas.

— Comment ça, tu sais pas ?

— On ne peut pas se fier à ce genre de chose.

— Mais si ! Suffit de faire ce qu'il faut. »

Il s'est renfrogné, m'a regardé droit dans les yeux.

« Tu as mangé beaucoup d'œufs, comme je te l'avais dit ?

— J'aime pas les œufs, papa. »

Il a soupiré en secouant la tête.

« Tu te rappelles ce que je t'ai dit ? Mange plein d'œufs. Trois, quatre, chaque jour. Sinon, ce sera une fille ». Il a fait une grimace, puis ajouté : « Tu veux une fille ?

— J'aimerais bien un garçon, papa. Mais il faut prendre ce qui vient. »

Ça l'a inquiété. Il a marché de long en large entre les branches basses du figuier. « C'est pas des façons de parler. Non, c'est pas bon.

— Mais papa... »

Il a pivoté vers moi.

« Arrête avec tes *mais*. Et puis cesse de m'appeler *papa* ! Je vous l'ai dit, je vous l'ai répété à tous : à Jim, à Tony, à toi. Des œufs ! Plein d'œufs ! Et regarde-les aujourd'hui. Jim : zéro. Marié depuis deux ans. Tony : zéro. Marié depuis trois ans. Et toi. Où en es-tu exactement ? Au même point qu'eux. »

Il s'est approché de moi, j'ai senti l'odeur du vin qui sortait de sa bouche. « Tu te rappelles ce que je t'ai dit à propos des huîtres ? Tu as de l'argent maintenant. Tu peux te payer des huîtres. »

Je me suis souvenu d'une carte postale dictée à maman et destinée à Joyce et moi pendant notre lune de miel près du lac Tahoe. La carte disait que je devais manger des huîtres deux fois par semaine afin d'augmenter ma fertilité et mes chances d'avoir des enfants mâles. Pourtant, je n'avais pas suivi ce conseil, parce que je n'aimais pas les huîtres. Simplement, leur goût me déplaisait.

« Je n'aime pas les huîtres, papa. »

Ça lui a porté un coup. Bouche bée, tête basse, il s'est laissé tomber sur la balançoire et a essuyé son front. Réveillés en sursaut, les chats se sont mis à bâiller en dardant leurs langues roses et pointues.

« Sainte mère de Dieu ! C'est donc la fin de la lignée Fante.

— Je crois que ce sera un garçon, papa.

— Tu crois ! » Il m'a maudit, abreuvé d'une rafale trépidante de jurons italiens. Il a craché près de mes pieds en se moquant de ma gabardine et de mes mocassins sport. De sa chemise, il a sorti un bout de cigare Toscanelli, qu'il s'est vissé entre les dents. Il l'a allumé, avant de lancer l'allumette au loin.

« Tu crois ! Personne ne t'a jamais demandé de croire ! Je te l'avais *dit* : des huîtres. Des œufs. J'ai vécu ça, moi. Ces conseils, je les tire de mon expérience. Qu'as-tu donc mangé ? Des bonbons ? des glaces ? Et ça se dit écrivain ! Bah ! Tu pues comme la peste. »

Je reconnaissais bien mon père. Il n'avait pas rétréci, après tout. Et le figuier était aussi grand que dans mon souvenir.

« Va voir ta mama. » Il y avait du sarcasme dans sa voix. « Va lui expliquer quel beau grand garçon elle a. »

À chacun de mes retours à la maison, saluer maman a toujours été le plus difficile. Car ma mère était une spécialiste de l'évanouissement, surtout si je ne l'avais pas vue depuis plus de trois mois. Quand moins de trois mois s'étaient écoulés, je pouvais encore contrôler la situation. Car elle se contentait alors de vaciller dangereusement, prête à s'écrouler, ce qui nous donnait le temps de la rattraper avant la chute. Une absence d'un mois ne posait pas le moindre problème. Simplement elle pleurait quelques instants avant de me soumettre à un feu roulant de questions.

Ce jour-là, le cap des six mois avait été franchi, et l'expérience m'avait appris à ne pas me présenter à elle sans certaines précautions. Ma technique consistait à m'approcher d'elle sur la pointe des pieds, à l'enlacer par-derrière, puis à dire tranquillement mon nom en attendant que ses genoux s'affaissent. Autrement, elle s'écriait « Oh, merci, mon Dieu ! » avant de s'écrouler telle une pierre. Une fois par terre, tout son corps se relâchait comme une masse de mercure, et il devenait impossible de la soulever. Après une absurde série de piaffements et de grognements émis par le fils prodigue, elle se relevait seule et s'attelait aussitôt à la préparation d'énormes repas. Maman adorait s'évanouir. Dans ce domaine elle était devenue une artiste consommée. Elle avait seulement besoin d'un bon prétexte.

Maman aimait aussi mourir. Une ou deux fois l'an, surtout vers Noël, les télégrammes arrivaient pour nous annoncer que, une fois encore, maman mourait. Néanmoins, nous ne pouvions risquer que, pour une fois, elle ne fût vraiment à l'agonie : nous rappliquions dare-dare. De tout le Far West, nous nous précipitions vers San Juan et son chevet. Elle continuait de mourir pendant deux heures, une pile de soucoupes semblaient s'entrechoquer dans sa gorge, elle nous montrait le blanc de ses yeux et nous appelait l'un après l'autre au moment de pénétrer dans la vallée des ombres. Brusquement elle se sentait beaucoup mieux, quittait son lit de mort et bondissait vers ses fourneaux pour préparer un énorme dîner de raviolis.

Quand je suis entré dans la cuisine, elle s'activait devant le poêle en me tournant le dos. Je me suis approché à pas de loup. Mais elle a deviné ma présence, elle s'est lentement retournée, une cuillère en bois à la main. Une sorte de nausée l'a submergée, comme si elle se désincarnait subitement, l'ascenseur descendait en chute libre, l'instant de vertige absolu avant de sauter d'une grande hauteur ; ses yeux ont roulé dans leurs orbites, le sang s'est brusquement retiré de son visage blême, toute force a abandonné ses doigts, la cuillère en bois a frappé le sol.

« Johnny ! Oh, merci, mon Dieu ! »

Je me suis précipité, elle est tombée dans mes bras ; comme des nuages blancs, ses cheveux ont touché mon épaule ; j'ai senti ses mains contre mon cou. Mais elle n'a pas perdu conscience. Elle semblait avoir une crise cardiaque. Sa respiration rauque et haletante, les frissons qui agitaient son corps menu m'ont dit que c'était le cœur. Avec précaution je l'ai portée jusqu'à une chaise, près de la table de la cuisine. Elle s'est adossée, bouche ouverte, un sourire courageux aux lèvres, son bras gauche pendait vers le sol, j'ai remarqué qu'elle essayait vainement de le lever.

« De l'eau. De l'eau… s'il te plaît. »

Je lui ai apporté un verre, que j'ai approché de ses lèvres. Elle a bu une ou deux petites gorgées ; elle était déjà loin de tout, sans force, à quelques secondes seulement de l'autre monde.

« Mon bras… aucune sensation… ma poitrine… j'ai mal… mon garçon… le bébé… dire que je ne le verrai jamais… »

Sa tête s'est écroulée sur la toile cirée à carreaux rouges et blancs. J'étais à peu près certain qu'elle était tirée d'affaire ; mais quand j'ai doucement tourné son visage vers moi et découvert la couleur pourpre grisâtre de ses joues, j'ai pensé que cette fois je me trompais et j'ai appelé papa.

« Trouve un médecin ! Vite ! »

Ça a suffi pour la faire revenir à elle. Lentement, elle a levé la tête.

« Ça va mieux. C'était seulement une petite attaque. »

Ç'a été mon tour de faiblir. Je me sentais soulagé, mais brusquement épuisé. Je me suis laissé tomber sur une chaise, puis d'une main fébrile, j'ai allumé une cigarette. Papa est entré.

« Que se passe-t-il ? »

Ma mère souriait courageusement. Elle était tellement contente de me voir atterré. Maintenant elle ne doutait plus de mon amour. Elle a rapidement retrouvé toutes ses forces.

« Ce n'est rien. Rien du tout. »

Elle était aux anges. Elle ronronnait. Elle s'est levée, a fait le tour de la table pour s'approcher de moi, puis elle a pris ma tête dans ses bras et caressé mes cheveux.

« Son voyage l'a fatigué. Sers-lui donc un verre de vin. »

Papa et moi, nous comprenions parfaitement la situation. Un chapelet de jurons à peine audibles a grondé dans la gorge de mon père, comme il ouvrait la glacière pour en sortir un pichet de vin. Il a pris un verre dans le buffet et l'a rempli. Maman souriait en le regardant faire. Il lui a lancé un regard mauvais.

« Arrête ça. »

Les grands yeux verts de maman se sont écarquillés. « Moi ?

— Arrête ton cinéma. »

J'ai bu le vin. C'était un excellent vin, issu de la terre chaude des plaines environnantes, et délicatement glacé. Maman était contente de m'avoir dans sa cuisine. J'ai vu son dos se redresser, ses épaules se relever. Elle m'a pris le verre des mains pour le finir. Puis elle m'a observé attentivement.

« Quelle belle chemise. Je vais la laver et la repasser avant ton départ. »

Nous avons mangé les poivrons avec du fromage de chèvre, des pommes salées, du pain et du vin. La langue de maman vrombissait sans discontinuer, tel un papillon enfin libre. En temps ordinaire, papa l'aurait calmée, mais le fils était de retour à la maison et il s'ensuivait un certain relâchement. Bien vite, ses babillages l'exaspéraient subitement, et ma mère réintégrait son cocon de silence respectueux. Mais nous mangions pendant que maman parlait et s'activait dans la cuisine, qu'elle saturait de bribes de pensées. Un ventilateur électrique ronronnait sur la glacière, tournant de droite à gauche, puis de gauche à droite. Il semblait suivre maman dans la pièce, comme un blême visage stupéfait.

Maman parlait :

L'hiver avait été froid et humide. Les enfants de Stella étaient magnifiques. Il y avait des mites dans l'armoire à linge. Elle avait rêvé de sa défunte sœur Katie. Le prix des aliments pour poulets était trop élevé. Quand il était bébé, mon frère Jim mangeait de la terre. Elle sentait parfois de brusques douleurs dans les jambes. Laver des couches au clair de lune portait malheur. Quand on perdait quelque chose, il fallait prier saint Antoine. Les chats tuaient les merles. Le bacon ne devait jamais entrer en contact avec la glace. Elle avait peur des serpents. Le toit fuyait. Il y avait un nouveau facteur. Sa mère était morte de la gangrène. La glace était mauvaise pour l'estomac. Les femmes enceintes ne devaient regarder ni les grenouilles ni les lézards. L'amour était plus important que l'argent. Elle se sentait seule.

Ses mains se sont posées sur mes épaules.

« Si seulement tu nous écrivais une fois par semaine… »

Elle pérorait sans discontinuer depuis une demi-heure. Ce bourdonnement monotone, nous l'identifiions en l'ignorant. Papa et moi avons fini les poivrons. Il a rempli mon verre.

Alors maman a dit : « Tu as planté la graine de ton bébé dans cette maison. Oui, sous ce toit. C'était le 8 août de l'an dernier. Pendant la nuit. »

Pour la première fois depuis le début du dîner et de son bavardage, j'ai tendu l'oreille. Je me suis arrêté de manger pour la regarder. Alors je me suis rappelé. Joyce et moi étions en effet passés à San Juan en août dernier. Nous avions dormi sur le divan du salon. Je me souvenais parfaitement de cette nuit-là. Comme le divan grinçait, nous avions décidé de ne rien faire. La conception n'avait donc pas eu lieu sous le toit de mes parents. Maman se trompait complètement.

« Non, elle a raison, a dit papa.

— Pourquoi en êtes-vous si sûrs ?»

Maman a souri. « Parce que j'ai répandu du sel dans votre lit. »

Papa aussi a souri.

« Exactement. Du sel dans le lit. C'est moi qui lui ai demandé. »

C'était vraiment gênant. Avec une assurance époustouflante, ils s'accordaient le mérite de la moindre chose. Je leur ai dit que je ne me rappelais pas avoir découvert du sel dans le lit. Ça a beaucoup amusé maman.

« Bien sûr que non. Je l'ai mis *sous* les draps. »

Papa a pouffé.

« Et maintenant tu vas avoir un enfant.

— Du sel, j'ai dit. Quelle bêtise !

— Bêtise ? a fait papa. Comment crois-tu que tu es né ?

— Comme tout le monde.

— Une fois de plus, tu as tort. Du sel dans le lit. Je l'avais mis moi-même. »

J'ai poussé mon verre devant lui, pour qu'il me réserve.

« Superstition. Ignorance. »

Il a refusé de remplir mon verre.

« Ne me traite pas d'ignorance. Je suis ton père.

— Je n'ai pas dit que tu étais ignorant.

— Je tiens à ce que tu respectes ton père. Tu es dans la maison de ton père. Ici, c'est moi qui commande. »

Son visage s'est empourpré sous le coup de l'indignation ; il a rempli le verre d'une main tremblante en versant un peu de vin sur la toile cirée. Verser du vin hors d'un verre porte malheur. On doit alors conjurer le sort en faisant le signe de croix dans le vin perdu. Maman s'en est chargée.

« Ton père a raison, elle a dit d'une voix apaisante. Comme nous n'avions pas d'ail dans la maison ce soir-là, papa a utilisé du sel. Une idée à lui.

— De l'ail ? » J'ai regardé les grands yeux verts de maman. « Pourquoi de l'ail ?

— Pour mettre dans le trou de la serrure.

— C'est censé faire venir les bébés ?

— Pas les bébés – les *garçons.* »

J'en ai eu le souffle coupé. Papa a alors poussé un ricanement triomphal.

« Regarde un peu ce gamin qui traite son papa d'ignorance ! Il connaît rien à rien. »

J'ai avalé une gorgée de vin, sans mot dire.

« Même chose avec Tony et Jim, a dit maman.

— De l'ail dans le trou de la serrure ?

— Pour les deux, a dit papa.

— Et Stella ? »

Je devinais déjà sa réponse :

« Pas d'ail, pas de sel, rien de rien. »

Comme il voulait discuter, je suis resté muet. Il a encore rempli mon verre.

« J'ai quitté l'école en troisième, il a repris d'une voix rêveuse. Mais toi, tu as de l'instruction, le lycée, deux années de faculté, et tu es toujours un gamin. Franchement, tu as beaucoup à apprendre. »

J'étais moins ignorant qu'il l'imaginait. Dès la prime enfance, j'avais appris beaucoup de choses dans cette famille, toutes sortes de précieuses traditions qui se transmettaient de génération en génération depuis nos ancêtres des Abruzzes. Mais j'avais du mal à utiliser tout ce savoir. Par exemple, je savais depuis des années que pour éviter les sorcières il fallait porter un châle à franges, car la sorcière qui vous attaque est distraite par les franges, elle se met à les compter et vous laisse tranquille. Je savais aussi que l'urine de vache était une pure merveille pour faire repousser les cheveux sur les crânes chauves, mais jusque-là je n'avais pas eu l'occasion d'utiliser cette panacée.

Je savais, bien sûr, qu'un foulard rouge guérissait de la rougeole, et un foulard noir de l'angine. Chaque fois qu'enfant j'avais la fièvre, ma grand-mère m'attachait un quartier de citron au poignet ; chaque fois, la fièvre tombait. Je savais aussi que le mauvais œil provoquait les migraines, et ma grand-mère m'envoyait souvent sous la pluie planter un couteau dans la terre afin d'écarter la foudre de notre maison. Je savais que, si l'on dormait la fenêtre ouverte, alors toutes les sorcières du voisinage entraient dans la maison ; et que, si vous deviez vraiment dormir au grand air, il suffisait de mettre un peu de poivre noir sur le rebord de la fenêtre : les sorcières éternuaient, puis s'en allaient. Je savais également que, lorsqu'on rendait visite à un ami malade, il fallait cracher sur sa porte pour éviter d'être infecté. Toutes ces choses, et beaucoup d'autres, je les connaissais depuis des années, et je ne les avais jamais oubliées. Mais on apprend chaque jour quelque chose de nouveau, et ce traitement ail et sel destiné au lit des conjoints m'était inconnu. Mon père avait probablement raison : tout compte fait, je n'étais pas si futé. Néanmoins, je doutais fortement que la grossesse de Joyce eût commencé cette nuit-là sur le divan de ma mère.

Le déjeuner était terminé. Papa a repoussé sa chaise.

« Va chercher ton chapeau. »

Je ne portais jamais de chapeau. En fait il me demandait de le suivre. Nous avons descendu les marches de la véranda vers la rue. Il a passé la main dans la boîte à lettres, en a sorti un bout de cigare, qu'il a allumé. La fumée restait si immobile dans l'air figé qu'il a dû la chasser avec la main. La chaleur emplissait le ciel immense, puissant, infini. À l'est, les sierras Nevada se dressaient fièrement ; la neige de l'hiver dernier les couvrait encore.

Devant la maison la rue était déserte. Dix ans plus tôt, San Juan avait été une ville animée, dotée d'importants entrepôts d'expédition, et un grand centre vinicole. Jadis, la grand-route de l'État allait jusqu'au quartier d'affaires, mais après la guerre on a détourné cette route, qui évitait maintenant la ville. San Juan mourait à petit feu. Maintenant la grand-route passait derrière les vergers de pêchers et les champs de houblon ; les touristes y circulaient sans se douter qu'au-delà des vergers et des champs se trouvait une agglomération de six mille âmes.

« Où allons-nous ? »

Sans répondre, il a remonté la rue. Nous sommes passés devant trois petites maisons, puis les maisons ont disparu, et il est seulement resté les herbes qui fissuraient l'asphalte, les vignes de part et d'autre de la route, qui se déployaient vers le nord et le sud, des milliers d'hectares de muscat et de tokay, une mer verte et silencieuse.

« Où allons-nous ? »

Il a accéléré le pas, jusqu'à ce que nous arrivions à un virage de la route, qui ensuite descendait. C'étaient les terres de Joe Muto. J'ai reconnu les marques blanches au sommet des poteaux. Nous étions à la limite des terres de Muto – terrains en friche, recouverts d'arbustes et de chênes nains, et les vestiges d'une plantation de citronniers. Ici tout était à l'abandon, trois ou quatre demi-hectares que, pour une raison quelconque, Joe Muto n'avait pas transformés en vignoble. Mon père s'est figé devant ces broussailles vertes, qu'il a désignées d'un large geste de son cigare.

« Nous y voilà ! »

Il a pénétré dans les mauvaises herbes, je l'ai suivi. Au milieu du terrain, sur une butte qui dominait les environs, il s'est arrêté, puis a écarté les bras.

« C'est ici. C'est d'elle que je rêve. »

Il s'est baissé pour arracher une touffe de pavots sauvages. Les racines sont venues avec, ainsi que de lourdes mottes de terre. Quand il a écrasé les racines dans son poing, la terre chaude et moite a pris la forme de sa main.

« Tout pousse ici. Plante un manche à balai, il fera des petits. »

J'ai commencé de comprendre.

« Tu aimerais posséder tout cela, papa ? Tu veux acheter ce terrain ?

— Pas pour moi. » Il m'a souri en donnant un coup de pied dans la terre. « C'est pour le bébé. Voici l'endroit où il grandira. Exactement ici. » Son pied a encore frappé le sol. « Voilà mon rêve. Toi, Miss Joyce, et le petit garçon. Moi et maman un peu plus bas sur la route. Un grand terrain. Deux hectares. Pour toi. Pour tes mômes.

— Mais papa…

— Pas de mais. Je suis ton papa. Toutes ces saletés que tu écris. Tu as de l'argent ?

— J'ai quelques dollars, papa.

— Tu as deux mille dollars ?

— Oui.

— Achète-le. J'en ai parlé à Joe Muto. Il est mon *paisano*. Il ne vendra qu'à moi. »

Que pouvais-je dire à cet homme – mon papa ? Que pouvais-je dire à ce visage tourmenté par le travail, durci par les ans, dès lors adouci par son rêve ? Il y avait le ciel bleu et les vieux citronniers, les herbes hautes qui bruissaient comme un ancien amour contre ses jambes ; et ses petits-enfants étaient déjà là, déjà ils respiraient cet air, batifolaient dans l'herbe, et leurs os se nourrissaient de ce sol qui était son rêve à lui.

Que pouvais-je dire à cet homme ? Pouvais-je lui annoncer que j'avais acheté une maison dans ce foyer de perversion et de chaos qu'on nommait Los Angeles, juste à côté de Wilshire Boulevard, un lopin de terrain de cinquante mètres sur quinze, qui grouillait de termites ? Si je lui avais dit cela, la terre m'aurait avalé, le ciel m'aurait écrasé.

« Laisse-moi y réfléchir, papa. Je vais voir ce que je peux faire.

— Maintenant je veux te montrer autre chose. »

Je l'ai suivi jusqu'à la route en me demandant comment j'allais lui annoncer la nouvelle... Car je devais absolument lui parler de la maison de Los Angeles. J'aurais dû lui apprendre la mauvaise nouvelle depuis longtemps. Pourtant je n'avais pas fait exprès de la lui cacher. J'avais complètement oublié d'en parler. Ni plus, ni moins.

Nous sommes retournés vers la maison, et tout le temps j'ai senti sa joie. Il a allumé un cigare neuf et m'a entraîné vers la planche à dessin posée sur le tonneau sous le figuier. Alors il m'a montré les plans de la maison qu'il voulait construire sur ce terrain.

C'étaient des plans magnifiques. Une maison en pierre, car sur un terrain tout proche il y avait des pierres en abondance. La maison aurait trois cheminées, une dans la cuisine, une dans le salon, une à l'extérieur. C'était un long ranch en forme de L, une bâtisse d'un étage au toit de tuiles.

« Elle durera mille ans, il a dit. Les murs ont vingt-cinq centimètres d'épaisseur, ils sont bourrés de poutrelles d'acier.

— Parfait, papa.

— Je te la construirai gratuitement. Tu m'aideras. J'ai ma retraite. Je ne veux pas un sou de plus.

— Oui. Très bien. »

Oui, encore oui, toujours oui. Jusqu'à ce qu'il m'ait expliqué l'emplacement de la dernière pierre et de l'ultime poutre, jusqu'à ce qu'il soit ravi, tire sur son cigare et boive son vin. Alors la fraîcheur de l'après-midi est arrivée de la mer verte des vignobles, et il s'est trouvé rassasié de paroles. Il a roulé ses plans, éteint son cigare, posé le mégot dans une fourche du figuier, puis s'est allongé sur la balançoire. Une paix merveilleuse envahissait son visage. Personne n'avait jamais été plus heureux sur terre. Il a fermé les yeux et s'est endormi. S'il était mort à ce moment-là, il serait allé droit au paradis.

Une caractéristique de maman : rien ne l'effraie. Si j'étais entré dans la cuisine pour lui annoncer que je venais de trancher la gorge de papa, elle m'aurait répondu : « Oh, quel dommage ! où est-il ? »

Je l'ai trouvée assise à une table, en train d'écosser des pois. C'est si facile de parler à votre maman ; même ce qu'elle ne comprend pas, elle tâche de le comprendre. Assis à la table, je lui ai expliqué la situation de la maison de Los Angeles. Pas la moindre récrimination ; pas de soupir désespéré, pas de claquement de langue, pas de conseil déplacé sur ce que j'aurais dû faire. Elle écossait ses pois en m'écoutant tranquillement tandis que je lui expliquais les raisons de ma venue à San Juan et, vu les circonstances, pourquoi je craignais de dire à papa que je possédais déjà une maison.

« Je vais lui en parler. Ne t'inquiète pas pour ça. »

Pourtant, je préférais ne pas être dans les parages quand elle lui apprendrait la vérité. « Je vais faire un tour en ville.

— Ne t'inquiète pas. »

Je me suis levé pour partir. Elle m'a arrêté. Quelque chose la tracassait.

« Toi et Joyce. Vous dormez à l'américaine ? » Elle me demandait en fait si nous dormions dans des lits séparés.

« Maintenant qu'elle est enceinte, nous dormons à l'américaine.

— Honte à toi. Le bébé ne te connaîtra pas.

— Nous ferons connaissance après sa naissance.

— Dormez donc à l'italienne. Tu ne connais rien aux bébés. On se sent seul dans la matrice. Il est là-dedans, tout seul. Il a besoin de son père. »

Je ne voulais pas discuter ce problème avec ma mère. « Je rentrerai vers sept heures. Raconte tout à papa dès qu'il sera réveillé. »

Il y avait cinq blocs jusqu'au centre-ville. J'ai descendu des rues familières bordées d'ormes, traversé des terrains vagues que je connaissais depuis l'âge de quatorze ans, quand nous avions quitté la neige et les vaches maigres du Colorado pour nous installer à San Juan. J'ai croisé beaucoup de gens que je connaissais depuis cette époque ; tous m'ont parlé du bébé. On aurait dit que mon père avait passé les dernières semaines à écumer la ville pour répandre la nouvelle. Sur les vérandas, tous m'adressaient leurs vœux d'une voix forte, me demandaient des nouvelles de Joyce, car elle était originaire de San Juan ; ses parents étaient enterrés dans le cimetière municipal. Les gens m'arrêtaient dans la rue, me serraient la main, faisaient des plaisanteries plus ou moins vaseuses, puis s'éloignaient en riant. À San Juan la paternité n'était pas une mince affaire. Je m'étais rarement senti aussi important. À Los Angeles aussi, nos connaissances se faisaient du souci, non pour la santé du bébé et de la future mère, mais pour notre capacité à payer les frais d'hôpital. Quand nos amis avaient appris que Joyce était enceinte, ils avaient été plus choqués que ravis.

J'ai traîné pendant deux heures. J'ai bu de la bière au *Tuscany Club*, fait une partie de billard avec Reed Walker au *Sylvan Oaks*. Reed était receveur des postes ; il avait été l'amoureux de Joyce au lycée. Tous ceux que j'ai rencontrés cet après-midi-là savaient que je serais bientôt papa, même Lou Sing dans les vieux bâtiments de briques qui formaient le Chinatown de San Juan. Nous nous sommes installés devant l'herboristerie de Lou pour jouer aux échecs pendant que ses nombreux gamins jouaient et criaient dans la rue. À sept heures il faisait encore jour. Les ampoules se sont allumées au-dessus du cinéma de San Juan.

Brusquement je me suis senti pénétré de l'esprit de Joyce, j'ai eu envie d'être avec elle.

La ville en était la cause, car Joyce avait autrefois joué dans ces rues, et j'ai été submergé d'un violent désir obscur. Je suis allé dans une cabine téléphonique et je l'ai appelée. Je lui ai dit que ma mission s'était soldée par un échec et que je rentrais à la maison dès que possible. Elle m'a demandé des nouvelles de la ville.

« Tu te rappelles le poivrier dans l'arrière-cour de maman ? elle m'a dit. Il est toujours là ? Ou ils l'ont coupé ? » Je lui ai répondu que j'irais.

« Ma première poupée est enterrée sous cet arbre. Elle a succombé à des coups de couteau : scalpée par les Indiens.

— Quelle mort horrible.

— Sa tête était toute fracassée. À cause du chien. J'ai pleuré comme une Madeleine. »

J'ai raccroché, puis descendu Lincoln Street jusqu'à l'endroit où Joyce avait vécu, enfant. On avait démoli la maison des années auparavant ; la ville utilisait maintenant ce terrain pour garer bulldozers, rouleaux compresseurs et autres engins routiers. Le poivrier était toujours là. Je suis resté sous ses branches, la main posée sur son tronc. Ma femme me manquait beaucoup. Des fourmis couraient sur l'écorce. J'ai saisi deux petites fourmis rouges, je les ai placées dans ma bouche, puis mâchées et avalées. Ensuite je suis retourné vers la maison de maman.

Papa n'était pas là. La table était mise dans la cuisine – trois assiettes. Assise près de la fenêtre, maman récitait son rosaire. Le crépuscule assombrissait la pièce. Elle m'a souri en silence, m'indiquant ainsi qu'elle avait parlé à papa. J'ai attendu qu'elle ait terminé ses perles. Le dîner était au chaud sur le poêle : du foie au bacon, des petits pois cuits à l'oignon, des épinards et du fromage. J'ai goûté un peu de tout, bu un verre de vin, et attendu. Elle a prononcé sa dernière prière, embrassé la croix de son rosaire avant de le glisser dans une poche de son tablier.

« Qu'est-ce qu'il a dit ?

— Rien. Pas un mot. Il est simplement sorti.

— Où est-il ? »

Elle a roulé les yeux, renversé sa tête. Papa était en ville, où il buvait pour oublier ses ennuis.

« Je ne lui en veux pas, maman.

— Il a pris dix dollars.

— Et alors ?

— Il va boire du cognac. Tout dépenser.

— Sans doute. Mais il a ses raisons.

— Oh ! je ne m'inquiète pas. J'ai dit un rosaire. Tout ira bien pour lui. Mais il aura dépensé dix dollars. »

J'ai sorti mon portefeuille et lui ai tendu cinq billets neufs de vingt dollars.

« Je ne peux pas les accepter, elle m'a dit. Tu en auras besoin pour le bébé. » Elle a plié les billets, qu'elle a ensuite glissés dans son corsage. « Vraiment je ne devrais pas. Je ne sais pas pourquoi je les accepte. » Mais moi, je savais parfaitement ce que deviendraient mes cent dollars. Dès que j'aurais quitté la ville, elle les enverrait à mon frère Jim, qui traversait une sale passe à Susanville.

Elle m'a servi à dîner. Elle m'avait pour elle toute seule, et je me suis préparé à ce qui allait inévitablement suivre. Comme je m'y attendais, elle s'est mise à me caresser, avec ces caresses maternelles qui vous laissent pantois et sans force. Debout derrière moi, elle a touché mes cheveux. Tripoté mes oreilles. Laissé ses bras pendre par-dessus mes épaules, et ses paumes ont frotté ma poitrine. Je saisissais divers objets sur la table, essayais de me dégager de chaque nouvelle prise. Elle s'est finalement emparée de ma main gauche pour examiner mes doigts. J'ai bien essayé de la retirer doucement, mais, trop occupée à embrasser chaque doigt, elle n'a rien voulu savoir. J'ai ressenti une grande pitié pour elle, pour toutes les femmes consumées d'amour maternel. Alors, sur mon cou, elle a retrouvé une petite marque à l'endroit où un chat m'avait griffé quand j'étais enfant, et j'ai découvert un nouvel aspect de sa solitude lorsqu'elle a couru jusqu'à la malle de sa chambre à coucher ; je l'ai senti venir, elle en a tiré une photo de moi à six mois, les yeux en boules de loto et installé nu sur un piédestal couvert de velours. J'ai bondi de la table.

« Je t'en prie, maman. Pour l'amour du Ciel, tout mais pas ça ! »

Elle a rangé la photo et entrepris de desservir. Je buvais mon vin en surveillant le réveil posé sur le poêle et en lisant *L'Abeille de Sacramento*. Maman a emporté une passoire pleine de déchets vers le poulailler. Elle est bientôt revenue avec trois œufs. Elle les a examinés, en a choisi un et me l'a tendu.

« Touche. C'est chaud, il vient de la mère poule. »

Je ne voulais pas le toucher. Froid ou chaud, je ne voulais avoir aucun contact avec lui.

« Sens comme il est doux et chaud. »

J'ai refusé. Je me suis contenté de le regarder. L'œuf m'a renvoyé mon regard comme un œil blanc ovale, mélancolique et stupide.

« C'est bon pour toi. Tu devrais en manger davantage.

— Écarte-moi ça. Pose-le ailleurs. »

Du temps a passé. Je regardais le réveil, l'oreille à l'affût d'un bruit de pas dans le jardin. J'avais plaisir à revoir mes parents, mais maintenant je désirais partir. J'avais deux places réservées dans l'avion du lendemain, mais j'ai songé à partir le soir même. J'avais fait le malheur de papa. Il valait mieux partir tout de suite, faire confiance au temps et à l'éloignement pour atténuer sa douleur.

Maman avait déballé mon sac de voyage pendant l'après-midi. Elle a commencé d'examiner de nouveau son contenu. Elle voulait connaître le prix de chaque article. J'avais emporté un pantalon de rechange. Elle l'a sorti du placard et lancé sur la table. Elle a examiné les ourlets, le fond, la fermeture éclair. Il y avait une tache de nourriture devant. Quand elle l'a aperçue, elle a poussé un petit cri.

« Mon Dieu. De quoi s'agit-il, à ton avis ?

— Ne t'en fais pas, maman. Range-le. »

Elle a étendu le pantalon sur la table pour l'examiner sous toutes les coupures. Puis elle a pris un petit morceau de tissu, du savon, de l'eau, et s'est mise à frotter l'endroit.

« Je me demande ce que c'est.

— Je t'en prie, maman. Laisse ça.

— Ça ne veut pas s'en aller. »

Elle a continué de frotter. J'ai bondi de ma chaise et lui ai arraché mon pantalon.

« Je le porterai chez le teinturier.

— Ça coûte cher.

— Je m'en moque.

— Est-ce que Joyce s'occupe de tes affaires ?

— Bien sûr.

— Porter un pantalon chez le teinturier ! voilà bien les Américains. »

Je suis sorti sur la véranda pour m'asseoir au clair de lune. Les étoiles, basses et fraîches, flottaient dans le ciel. À quarante-cinq kilomètres à l'est, la neige des sierras semblait une lointaine et solitaire Voie lactée. Un avion bourdonnait dans le ciel, ses petites lumières vert et rouge clignotaient. Je voulais à tout prix rejoindre ma femme, et je m'inquiétais pour mon père. Il était déjà dix heures. Un avion partait de Sacramento à minuit vers le sud. J'ai pris une décision : j'allais retrouver papa, le ramener à la maison, puis prendre cet avion.

Alors une camionnette aux phares très faibles est arrivée en brinquebalant sur la route. C'était la vieille Ford de Joe Muto. Joe conduisait. Il s'est garé devant la maison. Je suis allé au portail et nous nous sommes salués.

« Tu attends ton père ? il a fait.

— Tu l'as vu ?

— Il est sur mes terres. En ce moment. Je crois qu'il a un coup dans le nez. »

Je suis monté dans la camionnette et il a fait demi-tour. Nous avons rebondi sur des nids-de-poule de la route où j'avais marché pendant l'après-midi avec mon père.

« Je l'entends là-bas, a dit Joe. Il broie du noir, on dirait. »

Nous avons descendu la petite colline jusqu'au virage à gauche et les terres en friche de Joe Muto. Joe a arrêté la camionnette, et j'ai sauté à terre. La lune illuminait le paysage. Crapauds-buffles et criquets emplissaient l'air d'appels sexuels. Alors j'ai vu mon père. Une bouteille à la main, il était assis sous un vieux citronnier. S'il m'avait vu, il ne m'a pas accordé la moindre attention. Joe Muto est resté dans sa camionnette, et j'ai avancé parmi les herbes crissantes.

Mon père parlait tout seul.

« Vous en faites donc pas pour votre grand-papa. Il est pas aussi vieux qu'on le croit. Tu auras ta maison, mon petit gars. Ton grand-papa, il est pas encore mort. Tout le monde essaie de tuer les vieux, mais ton grand-papa n'a pas encore dit son dernier mot. »

J'ai serré les dents pour refouler ma peine.

« Papa. »

Quand il m'a vu devant lui, il a lancé la bouteille dans les herbes. Puis il a tourné la tête vers l'arbre et a fondu en larmes pleines d'amertume. Je ne pouvais pas m'approcher de lui. Joe a appelé de la camionnette pour demander si tout allait bien. Je suis reparti vers la route à travers les herbes.

« Il va bien. Je me charge de le ramener.

— Tu t'es bagarré avec ton vieux ?

— Non, je me suis pas bagarré. Laisse-nous. Merci. »

Il est parti. Je me suis assis au bord de la route pour attendre, et j'ai allumé une cigarette. Je n'en pouvais plus. Au bout d'une vingtaine de minutes, j'ai entendu mon père approcher parmi les herbes. Il savait que j'étais là. Il n'a pas été surpris de me voir.

« Rentrons », il a dit.

Il avait dessoûlé et poussait de gros soupirs en avançant sur la route. Nous marchions côte à côte en silence. La nuit était chaude et douce. Au nord, l'énorme dôme du capitole scintillait. Il semblait posé sur la brume rouge qui nimbait les lumières de la ville.

« Comment te sens-tu, papa ?

— Moi ? J'ai l'habitude. Un jour, tu seras vieux, et tu auras des fils, dans trente-cinq ans, dans quarante. Tu te rappelleras ce que ton papa t'aura dit ce soir-là : ils ne manquent jamais une occasion de vous blesser.

— Je regrette. »

Il n'a rien ajouté pendant un moment. Nous approchions de la maison. La lumière était allumée sur la véranda. Nous avons vu maman, un châle sur les épaules, qui nous attendait.

« Que font ces termites dans ta maison ? a dit papa.

— Tu sais bien… les termites.

— Tu n'as pas fait expertiser ta maison avant de l'acheter ? »

Je lui ai raconté toute l'histoire. « Tu pourrais venir voir, papa ? Pour nous aider. J'ai acheté un billet d'avion pour toi.

— Je refuse l'avion. Veux pas entendre parler de ça.

— Tu viendras, papa ? Nous prendrons le train.

— Le train, d'accord. L'avion, non.

— Parfait, papa. Magnifique. »

Ainsi donc, il allait réparer ma maison. Je voulais que maman vienne aussi, mais elle a décrété qu'elle devait rester chez elle pour s'occuper des chats et des poules. Ça l'a rudement soulagée, car les trains la terrifiaient. Elle avait pris le train une seule fois. C'était pendant l'été 1912, son voyage de noces, l'excursion de cinquante kilomètres de Denver à Colorado Springs. Notre famille n'est pas venue en Californie par le train. Nous avons chargé tout ce que nous avons pu sur le camion de papa, et pris la Route 40 jusqu'à San Juan.

À l'inverse, mon père avait une longue expérience du chemin de fer. Déjà en 1910 il roulait en train et allait du Colorado à New York, assis dans un wagon. Ses voyages ne s'arrêtèrent pas là. Trois ans après, seul, il emprunta un convoi à voie étroite, qui reliait Denver à Boulder, sur une distance de quarante-cinq kilomètres. Ensuite, il fit son voyage de noces à Colorado Springs avec maman. Il ne craignait donc nullement les trains. Fréquemment maintenant – deux ou trois fois par an – il montait dans un tortillard de Sacramento qui l'emmenait à la capitale fédérale, et retour. Bref, les trains n'avaient plus aucun mystère pour lui.

Le train de Los Angeles – le West Coaster – quittait Sacramento tous les soirs à six heures. Au petit déjeuner, nous avons décidé de prendre le prochain. J'ai emprunté la voiture de mon beau-frère et suis allé à Sacramento pour m'occuper des billets. J'ai annulé les places d'avion et réservé deux places dans le West Coaster du soir. De nombreuses places étaient déjà réservées, mais j'ai réussi à en trouver deux dans un wagon Pullman. Je tenais à ce que mon vieux père voyageât confortablement, et je lui ai pris une couchette inférieure.

Une heure avant le départ du train, j'étais de retour à San Juan. Stella était là avec ses enfants et Steve, son mari. Papa était habillé, prêt à partir. Il portait d'étranges vêtements : une salopette bleue, une chemise noire avec une cravate blanche, et une veste croisée marron. J'ai reconnu la veste : elle appartenait à un costume que je lui avais donné l'an passé. En fait, il avait une ample garde-robe de costumes et de manteaux de ses fils, car nous avions tous les mêmes mensurations que lui. Il possédait donc quatre ou cinq costumes qui auraient parfaitement convenu pour le voyage.

« Pourquoi cette salopette ? » je lui ai demandé.

Il s'est regardé.

« Qu'est-ce qu'elle a, ma salopette ?

— Tu n'as pas le pantalon qui va avec la veste ?

— Je l'aime pas. »

Il était assis à la table de la cuisine, rasé de près, le visage talqué. Une raie impeccable séparait ses cheveux. Au-dessus du col de sa chemise noire, son cou semblait sur le point d'éclater, tant sa cravate le serrait. Il avait néanmoins l'air distingué de qui entame un long voyage.

« Il est têtu comme une mule, a dit Stella. Il ne veut surtout pas avoir l'air propre.

— Mais je suis propre. Tous mes vêtements sont impeccablement propres.

— Enfin, une salopette ! dans un train.

— Je voyageais déjà en train alors que tu n'étais même pas né. N'essaie pas d'apprendre à ton père comment on voyage en train.

— Je trouve ton allure de vieux poseur de briques parfaitement superflue.

— Tu as quelque chose contre les poseurs de briques ?

— Que dirais-tu du costume gris ? j'ai proposé. Il te tiendrait sans doute moins chaud dans le train. »

Alors, rubicond et furibard, il s'est levé.

« Tu veux que j'aille voir ta maison, oui ou non ? Tu veux que je t'aide ? »

Je le désirais sans aucun doute.

« Cesse donc de me donner des conseils vestimentaires. Tu es moins futé que tu parais, ne l'oublie pas. Acheter une maison bourrée de termites ! »

Cela a mis fin au débat. Je ne voulais surtout pas le perdre. Ses bagages s'empilaient près de la porte : deux valises écornées en imitation cuir, fermées avec de la corde à linge, et un sac de maçon. Entre-temps, maman était restée à l'écart de la discussion pour nous préparer un carton de chez l'épicier, qui avait jadis contenu du lait en boîte. Je suis allé voir ce qu'elle manigançait. Elle m'emballait des provisions pour Los Angeles. Le carton contenait quatre bocaux de tomates de fabrication maison et quatre autres remplis de gelée de figue. Il y avait aussi un fromage de chèvre et un gâteau au chocolat qui sortait du four.

« Il n'y a pas de gâteaux à Los Angeles », elle a dit.

J'ignorais d'où elle tirait cette information et me suis tu. Elle m'a ensuite montré un petit bouquet de basilic frais qu'elle venait de cueillir au jardin et d'attacher avec un ruban rouge orné de deux médailles en plomb de la Vierge Marie.

« C'est pour que le bébé naisse en bonne santé. Accroche-le tous les soirs au pied de ton lit. »

Je lui ai répondu que je n'y manquerais pas.

Papa est arrivé avec une pelote de corde à linge, et a entrepris de ficeler le carton. Alors maman m'a entraîné vers l'évier pour d'ultimes recommandations confidentielles. Elle a ouvert un tiroir rempli d'épices, d'où elle a sorti une gousse d'ail. Du bout de l'ongle, elle l'a épluchée. Puis elle l'a embrassée et glissée dans une poche de mon veston.

« Gardes-en toujours dans ta poche, jour et nuit. Ne t'en sépare jamais.

— Je sais. C'est pour faire un garçon. »

Elle a levé les bras au plafond en m'adressant un sourire tolérant.

« Moi, ça ne me fait rien. Garçon ou fille, ce sera toujours mon petit-enfant. Je l'aimerai pareil. Mais ton papa veut un garçon. L'ail, c'est pour lui plaire. »

L'odeur piquante de l'ail a poignardé mes narines. J'ai su que je devais me débarrasser dès que possible de cette gousse, si je ne voulais pas que son odeur imprègne mes vêtements. Il était maintenant l'heure de partir. Steve et papa ont porté les bagages à la voiture. J'ai entendu distinctement le glouglou de bouteilles de vin dans une valise. Maman ne m'a pas vu sortir la gousse de ma poche et la jeter dans la rangée de vignes. Elle m'a accompagné jusqu'à la voiture. À cause des enfants, elle restait à la maison avec Stella.

Papa a embrassé les deux fillettes, puis maman ; il a pleuré un peu en lui disant de ne surtout pas oublier d'ajouter du persil dans la nourriture des chats s'il faisait très chaud. Très courageuse, maman luttait contre l'évanouissement. Nous nous sommes embrassés. Steve a fait faire demi-tour à la voiture, klaxonné tandis que nous agitions la main, et alors maman s'est effondrée. À côté du portail, tandis que la voiture s'éloignait, elle s'est laissée tomber sur la route. Imperturbable, Stella nous disait au revoir près d'elle. Maman semblait totalement anesthésiée : la tête sur la poitrine, elle a continué d'agiter faiblement la main, avant de s'écrouler complètement dans la poussière. Nous aurions dû nous arrêter pour la

« ressusciter », mais le temps manquait, et papa avait hâte d'être dans le train.

« C'est rien du tout. Partons. »

Nous avons tourné au carrefour, et bientôt les pneus ont chuinté régulièrement sur la belle route de Sacramento. J'ai poussé un soupir de soulagement, allumé une cigarette. Dans ma poche, ma main a rencontré quelque chose de chaud et de poisseux. J'ai sorti une autre gousse d'ail. Elle gisait dans ma main, blanche, nue et féroce. Je l'aurais volontiers jetée par la fenêtre, mais papa me regardait.

« C'est bien, il a dit. Tu deviens raisonnable. Moi aussi, j'en ai une. »

D'un porte-monnaie à poches multiples, il a extrait une autre gousse d'ail. Mon beau-frère l'a vue.

« Ça marche pas, a dit Steve, Stella et moi, on a essayé, deux fois. »

C'était mon premier voyage en train avec papa, et ce devait être un cauchemar. Dès que nous avons dit au revoir à Steve et que nous sommes entrés dans la gare, les difficultés ont commencé. Nous avions cinq bagages : le sac à outils de papa, ses deux valises défoncées, le carton de conserves, et mon sac de voyage. À lui seul, le sac à outils pesait bien vingt-cinq kilos, car il contenait ciseaux, marteaux et autres bouts de ferraille indispensables au métier de maçon. Trois porteurs à casquette rouge ont aussitôt repéré nos vains efforts pour transporter ce barda et se sont précipités pour nous offrir leurs services. J'ai sorti nos billets, et l'un d'eux s'est mis à rédiger un bordereau. Papa n'en revenait pas.

« Que se passe-t-il ? Que veulent-ils ?

— Il va transporter nos bagages jusqu'à notre voiture.

— Il faut payer ? Combien ? »

Cinquante *cents* semblait un tarif raisonnable.

« T'es cinglé ? Je préfère le faire moi-même, pour rien.

— Écoute, papa. Tout le monde fait comme ça. Nous sommes très loin du train. »

Il n'a pas voulu en démordre. Il a ordonné au porteur de filer. « J'ai deux cruches de vin dans la valise noire. Il risque de les briser.

— J'y ferai très attention, monsieur, a rétorqué le porteur.

— Rien à faire.

— S'il te plaît, papa. Confie-lui au moins ton sac à outils.

— Il contient une truelle qui a plus de quarante ans d'âge. Ces outils m'ont coûté deux cents dollars.

— Comme vous voudrez, monsieur », a répondu le porteur en souriant.

Je l'ai remercié. « Nous allons nous débrouiller, j'ai expliqué. Tenez. »

Je lui ai lancé un quart de dollar. Il l'a attrapé au vol, a souri et décampé. Papa a écarquillé des yeux incrédules.

« Tu lui donnes de l'argent ? Pourquoi donc ?

— Lui aussi doit manger. »

Papa s'est aussitôt élancé à la poursuite du porteur en lui criant de revenir : « Revenez, vous, oui, revenez. » Stupéfait et souriant toujours, le porteur s'est retourné. Papa a montré les bagages.

« Transportez-moi ça, sauf celle-là. » Il a secoué l'une des deux valises ficelées, et a paru satisfait en entendant le rire glougloutant des bouteilles de vin. Le porteur a rédigé des bordereaux pour les autres bagages, qu'il a placés sur un wagonnet. Papa a supervisé l'opération.

« Perds surtout pas mes outils. J'ai là-dedans un niveau qui m'a coûté vingt dollars.

— Je vais faire très attention, monsieur. »

Malgré tout, papa n'avait pas confiance. « J'ai déjà eu des ennuis avec ces gars-là en quittant New York. »

Nous sommes descendus dans le passage souterrain, où le flot de voyageurs qui se dirigeaient vers leurs trains nous a engloutis. Il restait dix minutes avant le départ de notre West Coaster ; nous avions donc tout le temps. Mais brusquement une demi-douzaine de marins sont arrivés au pas de course : ils se dépêchaient pour attraper le train de San Francisco. Leur hâte s'est avérée contagieuse, beaucoup de touristes se sont eux aussi mis à courir. Parmi ces derniers, papa. Ses valises brinquebalaient au bout de ses bras, il courait dans le couloir, me criait de me grouiller. J'ai accéléré le pas, mais ce n'était pas assez rapide pour lui. Très loin devant moi, je l'ai vu atteindre notre train, puis essayer de monter à bord par la première porte ouverte. Un serre-frein l'en a empêché. Quand je l'ai rejoint, ils discutaient violemment : le serre-frein affirmait qu'il connaissait le numéro de notre voiture, et papa soutenait mordicus qu'il s'en moquait comme de l'an quarante. Notre voiture était la 21, très loin vers l'arrière du train. Tout le long du chemin, papa n'a cessé de maugréer : ces numéros de voitures étaient stupides, tout avait changé depuis son voyage à New York, changé en pire.

« Voiture 21. Voiture 81. Où est la différence ? Il y a un seul et unique train, toutes ces voitures vont à Los Angeles. »

J'ai essayé de lui expliquer, mais il m'a aussitôt coupé.

« Fils, je prenais le train avant que tu ne sois né. Avant même que j'aie rencontré ta mère. Tu n'as donc rien à m'apprendre à propos des trains. »

Nous sommes montés dans la voiture 21. Casquette rouge est arrivé en même temps que nous, la sueur dégoulinait sur son visage brun tandis qu'il se bagarrait avec le sac à outils. Papa s'est assis, puis a allumé un cigare. Immédiatement le contrôleur de la voiture 21 est venu lui annoncer qu'il était interdit de fumer, sauf dans les toilettes pour hommes. Avec un haussement d'épaules, papa a éteint son cigare sur son talon.

« Mais enfin, qu'est-ce que c'est que ce train ?

— Les toilettes pour hommes sont au bout du wagon », a ajouté le contrôleur. Il avait largement passé le cap de la soixantaine, avec des cheveux blancs et un réseau compliqué de rides autour des yeux. Casquette rouge est revenu avec le restant des bagages. Il a essuyé la sueur sur son visage, il tirait la langue.

« Tu as besoin de boire un coup, a dit papa.

— Je ne refuse jamais un coup à boire », a rétorqué Casquette rouge en riant.

D'une main vive, papa a retiré la ficelle de la valise noire et l'a ouverte. Elle contenait deux cruchons de vin rouge soigneusement enveloppés dans des serviettes. Ainsi qu'un sac, plein à craquer. J'ai examiné son contenu : deux grosses miches de pain rondes de fabrication maison, plus un fromage de chèvre gros comme un ballon de football. Au fond du sac il y avait un salami long comme le bras, et quantité de pommes et d'oranges.

« C'est pour quoi faire, papa ?

— Faut bien manger, non ? » il m'a répondu sèchement.

Casquette rouge a rugi de rire.

« Ça, c'est bien vrai. Tout le monde doit manger dans ce train. »

Ça a plu à papa. Casquette rouge n'était pas un mauvais bougre, tout compte fait. Il a souri tandis que son visage s'empourprait à cause de ses efforts pour dévisser le bouchon de la bouteille de vin. « Il me semble que je t'ai déjà vu, il a dit. T'as jamais transporté du mortier dans le coin de Denver, Colorado, vers 1922, 23 ? »

Casquette rouge était ravi.

« Ah non, c'est pas moi ! Je suis seulement bon à transporter des valises. »

Papa a réussi à dévisser le bouchon. Quand il a tendu la bouteille à Casquette rouge, la serviette qui l'entourait est tombée, et le verre teinté de rouge foncé par le vin est soudain apparu, aussi choquant qu'une bombe. Casquette rouge n'en est pas revenu.

« On ferait peut-être mieux d'aller au fumoir. »

Papa l'a suivi jusqu'au bout du wagon, tenant la bouteille entre ses bras comme un bébé, puis ils se sont glissés dans les toilettes pour hommes. La voiture 21 se remplissait rapidement. Les voyageurs se renfrognaient au spectacle de la valise ouverte, du carton ficelé, du sac à outils maculé de mortier. Aucun doute : tous ces accessoires retiraient beaucoup de prestige à la voiture 21 ; la désapprobation des voyageurs n'était pas tout à fait dépourvue de fondement. D'autant qu'on entendait Casquette rouge hurler de rire dans les toilettes pour hommes. J'ai fermé la valise et décidé de les y rejoindre.

Casquette rouge présentait papa à notre contrôleur.

« Messieurs, vous allez passer un long moment ensemble. Monsieur Randolph, permettez-moi de vous présenter M. Fante, un excellent ami. »

Papa et le contrôleur se sont serré la main.

« Randolph ? il a fait. Randolph ? Vous n'avez jamais transporté de mortier, monsieur Randolph ? Dans le coin de Boulder, Colorado, vers 1916, 17 ?

— Vers 1916 ? Non, monsieur. Mais j'avais un cousin. Lui, il transportait du mortier. À Montgomery, dans l'Alabama. Y a bien longtemps.

— C'est lui, a dit papa. J'en étais sûr. »

Casquette rouge a de nouveau hurlé de rire. M. Randolph a bu une longue gorgée en expert, inclinant le cruchon sur son coude levé. Ensuite, il a fait claquer ses lèvres et a passé le cruchon à papa, qui a tété avec amour. Puis ç'a été le tour de Casquette rouge.

« Monsieur Randolph, a commencé papa. Le problème avec les Blancs dans ce pays... »

Mais il n'a pas pu continuer, car brusquement j'en ai eu assez de ses singeries. Il n'y avait certes pas de mal à boire un coup avec son prochain, mais il y avait aussi un lieu et un temps pour chaque chose, et le spectacle de ce vieux bonhomme en salopette qui faisait la fête dans un wagon de chemin de fer et offrait son vin au personnel de la compagnie m'a soudain semblé insupportable. Et puis il n'était pas *obligé* de porter une salopette.

Je l'ai ramené vers notre voiture alors que le train quittait la gare de Sacramento. Il était humilié, taciturne. Il a remis un cruchon dans la valise, mais a installé l'autre en réserve sous son siège. Maintenant, tous les voyageurs du compartiment, des hommes et des femmes bien habillés, avaient remarqué cette grosse bouteille rouge qui surgissait brusquement chaque fois que papa biberonnait.

« Les enfants – bah », marmonnait-il.

« Détestent leur père... »

« Honte de leur propre chair... »

« Autant mourir. Ils vous enterrent. Vous oublient... »

« J'ai travaillé dur toute ma vie. Et la chair de ma chair me traîne dans la boue... »

« Prêt à mourir n'importe quand. J'ai fait mon devoir... »

« Quand on est vieux, ils vous flanquent à la porte... »

Sa voix portait. Il s'arrangeait pour se faire parfaitement comprendre. Autour de moi, j'ai senti les têtes se tourner dans ma direction, les regards désapprobateurs se multiplier, et croître la pitié des voyageurs pour mon paternel. M. Randolph n'a rien fait pour arranger ma situation. Avec une sollicitude touchante il a apporté un oreiller à papa, lui a souri tendrement, puis demandé si tout allait bien.

« Ne vous faites plus de souci maintenant, monsieur Fante. Je vous souhaite un bon voyage. Si vous avez besoin de quoi que ce soit, sonnez. Vous avez des amis dans ce train. Beaucoup d'amis. »

Les larmes ont envahi les yeux de papa.

« Je fais de mon mieux pour déranger personne, monsieur Randolph. Il y a beaucoup de gens très aimables dans ce train. Des messieurs et des dames formidables. Je ferai de mon mieux. »

Je suis resté tranquille en me rongeant les ongles. Un groom a annoncé l'ouverture du wagon-restaurant en agitant une clochette. Ça m'a soulagé. J'ai donné une légère claque sur l'épaule de papa.

« Allez, viens. Je t'offre un bon dîner.

— Tout va bien, fils. Vas-y, toi. Je ne veux plus t'ennuyer. J'ai mon dîner dans mon sac. Essaie quand même d'économiser un peu, fils. »

Une chose était certaine : je ne voulais pas de salami, pas de fromage de chèvre, de pain ni de vin pour dîner. J'avais songé à prendre un ou deux martinis secs, un steack et une bonne salade. Mais maintenant je désirais seulement une tasse de café et la possibilité de m'échapper pendant un moment.

Une douzaine de regards glacés m'ont suivi le long du couloir alors que je me dirigeais vers le wagon-restaurant, quatre voitures plus loin.

Cette petite marche a eu un effet magique. Mon appétit est revenu. J'ai pris deux manhattans et un steack. Quand le train a dépassé Stockton, je me sentais ragaillardi, et je me suis offert une deuxième tasse de café. La nuit était tombée. Les bourgades de la vallée de San Joaquin défilaient le long de la voie, baignées de leurs magnifiques lumières nocturnes. Le maître d'hôtel m'a apporté la note. J'ai plongé la main dans ma poche et en ai sorti un petit cylindre blanc parmi les pièces de monnaie. Une autre gousse d'ail. Elle dégageait une odeur sauvage, propre, caustique. Je l'ai laissée tomber dans un verre d'eau.

Quand je me suis levé pour partir, le contrôleur du train est venu ramasser les billets. Il a examiné le mien.

« Oh ! il a fait, vous êtes le fils du vieux.

— Il ne voulait pas dîner, j'ai bafouillé. Je veux dire, il avait son dîner sur lui. »

Il est resté impassible, les lèvres serrées. Il a arraché les deux billets, puis m'a rendu la souche. Ses yeux étaient froids comme des huîtres.

« Tu honoreras ton père et ta mère, il a dit.

— J'aime pas le fromage de chèvre. »

Ses lèvres se sont incurvées en accent circonflexe. Il me détestait.

Quand je suis retourné à la voiture 21, papa leur brisait le cœur. Je l'ai surpris devant un modeste repas de salami, de fromage et de pain, qu'il arrosait à petites gorgées de vin. Il mangeait avec une délicatesse affectée, tel un gentleman attablé. Son couteau de poche ouvert gisait dans son giron, sa nourriture était étalée sur le siège qui lui faisait face. M. Randolph lui avait offert une serviette en papier ; debout dans le couloir, il était suspendu aux lèvres de papa. Mon père parlait de sa dure jeunesse dans les Abruzzes ; il avait commencé de travailler à dix ans, avec un maçon cruel qui lui volait jusqu'à son maigre salaire de trois *cents* par jour ; sa propre mère venait sur le chantier pour l'aider à porter d'énormes pierres en haut d'un échafaudage, sur le domaine du duc des Abruzzes. C'était une histoire tragique, et une histoire vraie, car je l'avais déjà entendue maintes fois ; à vrai dire, j'avais grandi avec elle ; une histoire de misère paysanne à vous faire pleurer toutes les larmes de votre corps ; autour de lui, les passagers de la voiture 21 étaient profondément émus par les paroles de ce vieillard simple qui se contentait d'un peu de pain, de fromage et de salami pendant que son fils s'empiffrait au wagon-restaurant.

Je me suis assis à côté de lui, j'ai rentré la tête dans les épaules, et regretté de ne pas avoir de chapeau pour cacher mon visage. L'humble voix de papa débordait maintenant de gratitude et s'adressait à M. Randolph ainsi qu'au voisinage.

« Pourtant, le Seigneur tout-puissant a été bon avec moi. Je suis citoyen américain. Depuis vingt-cinq ans. J'ai quatre beaux enfants. Je les ai élevés, et je les ai fait voyager dans ce beau pays qui est le nôtre. Quel merveilleux endroit, l'Amérique ! Ce pays a été bon pour nous tous. Que Dieu bénisse les États-Unis d'Amérique. »

Un gros type habillé de tweed et installé de l'autre côté du couloir s'est penché vers nous pour offrir un cigare à papa. C'était un luxueux cigare, enfermé dans un étui métallique. Avec une dignité simple, papa l'a accepté, puis a incliné son buste.

« Merci, monsieur. Je vais le garder pour le jour de la naissance de mon petit-fils. Ce cigare est trop bon pour que je le fume maintenant. »

C'était absolument touchant. Le type en tweed a regardé sa femme, une grosse blonde au visage empreint de tendresse dont la poitrine se soulevait sous le coup de l'émotion. Elle a chuchoté quelque chose, et le type en tweed a sorti un deuxième cigare. Papa a protesté en disant que c'était trop, beaucoup trop, mais le type l'a obligé à l'accepter. Quant à M. Randolph, il a poussé papa à aller le fumer aux toilettes pour hommes, et papa s'y est décidé. Avec mille précautions, il a rangé son pain, enveloppé son salami dans une serviette, fourré le fromage de chèvre dans le sac. Il n'a pas perdu une seule miette. Ensuite, il a fermé la valise et s'est levé. Il était ivre, mais il fallait toute l'expérience d'un fils pour s'en apercevoir. M. Randolph l'a aidé à descendre le couloir. Les têtes se tournaient sur son passage. Il laissait derrière lui un sillage d'amour.

Je me suis appuyé à la fenêtre et j'ai regardé droit devant moi. Je me sentais seul, complètement isolé. L'absence de papa avait créé un vide quasi palpable. Le train roulait. Le type en tweed et sa femme se sont levés pour aller dîner. Je n'étais pas digne des regards de l'homme, mais son épouse aux narines palpitantes m'a gratifié d'un regard assassin. M. Randolph est revenu.

« Le vieux monsieur voudrait sa valise noire. »

J'ai donné à M. Randolph deux dollars parfumés à l'ail.

« Veillez à ce qu'il ait tout ce qu'il désire.

— Faites-moi confiance. »

Il a reniflé l'odeur d'ail, puis m'a dévisagé d'un air soupçonneux.

Quelques minutes plus tard, il est revenu dans la voiture pour préparer les couchettes. Alors je suis allé aux toilettes. Papa était assis contre la fenêtre, les yeux rougis, marmonnant entre ses dents. La pièce exiguë était remplie de fumée de cigare.

« Papa, les couchettes sont prêtes. Tu ferais bien de dormir.

— Vas-y, fils. Prends du bon temps. Ris et amuse-toi. Ne t'en fais pas pour ton vieux père.

— Je crois que tu devrais aller te coucher.

— Pas moi. Nick Fante refuse de s'allonger sur une couchette de train. Je reste ici. »

Et il y est resté.

Je suis allé boire un cognac au bar. Quand je suis retourné dans la voiture 21, M. Randolph avait préparé toutes les couchettes. Les toilettes pour hommes étaient encombrées de voyageurs qui se lavaient les dents, le visage, les mains, avant de dormir. Tout le monde appelait mon père « papa » et lui souhaitait bonne nuit. Personne ne m'a adressé la parole. J'ai serré les dents, bombé le torse, fumé plusieurs cigarettes de suite en souhaitant être au lendemain matin, quand cet horrible voyage serait enfin terminé.

À onze heures tous les voyageurs de la voiture 21 étaient couchés, sauf papa et moi. Il ronflait contre sa fenêtre. Je l'ai réveillé.

« Viens te coucher.

— Rien à faire.

— Tu ne peux pas dormir ici. J'ai un bon lit pour toi.

— Rien à faire. »

M. Randolph est arrivé.

« Pauvre vieux. Il est tellement fatigué.

— Il refuse de dormir sur une couchette.

— Splendide vieillard.

— Aidez-moi à le mettre au lit. »

Nous avons essayé de le soulever, mais il a rué des quatre fers avec une telle énergie – il portait de gros godillots d'ouvrier –, que nous avons renoncé. Alors je l'ai supplié.

« Rien à faire. »

Je me suis avoué vaincu, puis installé sur la couchette du bas qui nous était réservée. Comme papa refusait de l'occuper, je n'ai vu aucune raison pour monter sur celle du haut. J'ai eu du mal à m'endormir. Il faisait une chaleur infernale. Trois fois je me suis levé, j'ai remis mon pantalon et suis allé aux toilettes pour hommes. Papa était allongé de tout son long sur la banquette. Chaque fois je l'ai secoué et il a réagi par des grognements menaçants et des ruades. Je suis donc retourné à ma couchette. Il faisait si chaud que j'avais du mal à respirer. J'ai appelé M. Randolph. Il dormait sur une couchette du bas, près des toilettes pour hommes. Il n'a pas été particulièrement aimable avec moi.

« Il fait trop chaud ici, je lui ai dit. Fermez donc la couchette du haut pour que j'aie un peu d'air. »

Il a fait ce que je lui demandais. Je me suis allongé, senti infiniment mieux et endormi très rapidement.

Quand je me suis réveillé, il faisait grand jour. Le train quittait Castaic dans les montagnes ; nous étions à un peu plus d'une heure de Los Angeles. Je me suis habillé sans le moindre problème, car maintenant que la couchette du haut était fermée, je tenais debout sur celle du bas. Alors je suis sorti dans le couloir. Tous les voyageurs étaient réveillés, habillés. Seule ma couchette était encore ouverte. M. Randolph s'activait avec une balayette. Tous les yeux se sont fixés sur moi. Si la veille au soir ces gens m'avaient pris en grippe, ils étaient maintenant prêts à me lyncher. Leur haine terrifiante ressemblait à un vent brûlant. Alors j'ai compris la raison de leur animosité. Au-dessus de moi la couchette était fermée ; personne n'y avait dormi pendant la nuit. Seule celle du bas avait été occupée, et par moi bien sûr. Ils savaient que papa était toujours aux toilettes. L'affreuse conclusion m'a sauté aux yeux : tandis que je dormais dans le luxe et occupais l'espace réservé pour deux personnes, mon pauvre vieux père avait dû passer la nuit dans les toilettes pour hommes. La mâchoire serrée, j'ai descendu le couloir, dix kilomètres en territoire indien hostile, jusqu'au fumoir.

Papa était toujours au même endroit. Il tenait sa valise noire ouverte sur les genoux et mangeait un frugal petit déjeuner de pommes et de fromage de chèvre. Le type en tweed était debout près de lui.

« Vous avez bien dormi, papa ? »

Le sourire de mon père laissait entendre qu'il n'avait pas vraiment bien dormi, mais que vu les circonstances il n'avait pas à se plaindre. J'ai voulu lui arracher le cœur, et le type en tweed voulait arracher le mien.

Quand nous avons atteint Los Angeles, quand nous avons pris congé de ses loyaux compagnons de voyage, quand nous avons serré la main à tous en leur souhaitant une bonne continuation, alors j'ai pris ma revanche. Un porteur avait véhiculé nos bagages jusqu'à la station de taxi devant la gare de Los Angeles. Dans un silence lugubre nous avons emprunté le couloir des voyageurs jusqu'à la sortie. J'ai donné nos bordereaux au porteur à casquette rouge qui déchargeait nos bagages. Papa avait déjà sorti son porte-monnaie et préparé son pourboire. Une pièce de dix *cents* était coincée entre son pouce et son index.

« N'acceptez pas son argent », j'ai dit au porteur.

Quand il a vu la pièce, le porteur s'est réjoui. Alors j'ai su que je tenais ma revanche. J'ai sorti mon portefeuille et, lentement, j'ai compté cinq billets de un dollar à mesure que je les posais sur la paume du porteur ravi. Papa observait la scène avec incrédulité, langue pendante.

« Keski s'passe ? »

Casquette rouge était aux anges. « Merci ! »

J'ai hélé un taxi. Éberlué, papa a regardé autour de lui, convaincu que les cinq dollars allaient produire un miracle quelconque, mais Casquette rouge s'est éloigné en comptant son argent. Un taxi est arrivé. Le chauffeur a entassé nos bagages sur le siège avant. Papa restait planté là en attendant le miracle escompté. Casquette rouge a disparu dans la foule.

« Keski s'est passé ? Où est-il parti ?

— En route, papa.

— Tu as de la monnaie à récupérer.

— Certainement pas.

— T'es cinglé ? »

Avant que je n'aie pu l'arrêter, il s'est élancé à la poursuite de Casquette rouge, jouant des coudes, bousculant d'autres porteurs et hurlant : « Hé ! monsieur ! Revenez ! »

Mais Casquette rouge avait disparu, avalé par le tourbillon des voyageurs qui se hâtaient dans la gare. Abattu, presque en larmes, scrutant désespérément la foule, papa s'est figé.

« Il est parti. Il a pris ton argent.

— C'était son pourboire. »

Alors il a pivoté vers moi, les mains menaçantes, le visage rouge de colère. « Tu ne sais pas ce que tu fais. L'argent est difficile à gagner. Tu en as besoin – jusqu'au dernier *cent* – pour acheter des chaussures, acheter du lait et du pain. Pour ta femme, pour le bébé. »

De fait, mon père avait raison. Ma vengeance avait été stupide. J'avais trop vite oublié les récentes années de vaches maigres, des années pénibles qui reviendraient certainement. Nous sommes retournés vers le taxi. Je suis monté. Près de la portière, papa a hésité.

« Ça va coûter combien ?

— Pas trop cher, papa. Quelques *cents*. »

Il est monté et je lui ai expliqué que le compteur indiquait le prix à payer. J'ai donné notre adresse au chauffeur, lequel a enclenché le compteur. Le taxi est sorti de la gare. Le compteur indiquait le tarif minimum.

« Ça coûte seulement vingt *cents* », a dit papa en souriant. Satisfait, il s'est enfoncé dans la banquette. Nous avons remonté Alison vers Los Angeles Street. Au premier feu rouge, il y a eu un cliquètement sec, et le compteur a affiché trente *cents*.

« Keski s'passe ?

— Calme-toi, papa. Il nous reste une douzaine de kilomètres à parcourir. Ça ne va pas coûter cher. »

Il s'est assis au bord de la banquette. Les rues de la ville, l'animation du centre, tout cela ne l'intéressait aucunement. Seul le compteur mobilisait toute son attention. Nous avons atteint Main Street. Je lui ai montré l'hôtel de ville. Le compteur a cliqueté.

« On en est à quarante *cents* », il a dit.

Nous roulions maintenant dans Spring Street ; la Plaza approchait, et le quartier des boîtes de nuit de Los Angeles. Peu d'années auparavant, j'avais marché dans ces rues, seul et désargenté. J'avais dormi à la Sunshine Mission, ramassé des mégots dans le sable des cendriers devant les ascenseurs. Certains jours j'avais même déambulé sans chaussettes. J'avais été serveur *Chez Simon* dans Hill Street, où je sortais les poubelles et astiquais les cuivres. Cette époque ne me fascinait plus depuis longtemps. J'étais heureux d'avoir quitté les hôtels minables de Temple Street, les cafés à deux sous, et de ne plus me raser à l'eau froide dans les toilettes publiques avec une vieille lame. À une époque et dans ces rues, un seul billet de un dollar dans ma poche signifiait une pause dans le dur labeur de se maintenir en vie, la chance de lever le pied, de me la couler douce pendant vingt-quatre heures. Nous avons dépassé Pershing Square. Le compteur a cliqueté. Papa s'est essuyé le visage avec un grand mouchoir bleu.

« On en est à soixante-dix *cents*. Tirons-nous de là. »

Après la place se dressait le cinéma permanent où, pour dix *cents*, je dormais jusqu'à cinq heures du matin. Alors on nous flanquait à la rue, mais je filais toujours par l'escalier d'incendie pendant que les autres gars à moitié endormis sortaient par la porte, se faisaient épingler par les flics, puis emmener à la prison de Lincoln Heights pour vagabondage. J'avais vécu tout cela, et la guigne pouvait me reprendre si je ne travaillais pas d'arrache-pied, si je ne suivais pas le conseil de papa : économiser. Le taxi a remonté la Septième Rue, le compteur cliquetait de temps à autre ; à mesure que la note augmentait, papa paniquait.

Ça m'a bientôt pris, moi aussi : terrifié et fasciné, je fixais le compteur. Quand nous sommes arrivés dans Wilshire Boulevard, il frisait les deux dollars, et je suais sang et eau avec papa. J'avais plus de cent dollars dans mon portefeuille, mais je pensais à mon passé douloureux, à la nécessité absolue d'économiser maintenant que le bébé était en route, à la perte irrévocable de tous ces *cents*. Quand le compteur a affiché deux dollars, papa a gémi de douleur et secoué la tête.

« C'est encore loin ?

— Deux ou trois kilomètres. »

Il restait plus que cela. J'avais déjà effectué ce trajet en taxi, je savais que ça coûtait dans les cinq dollars, et cette somme me semblait maintenant fabuleuse, un luxe interdit. Nous avons roulé encore un peu, puis je n'ai pas pu le supporter davantage. J'ai frappé à la cloison en verre qui nous séparait du chauffeur.

« Arrêtez-vous. Ici. »

Aussitôt le taxi s'est rangé contre le trottoir.

« Z'êtes pas encore rendus, vous savez.

— Nous n'allons pas plus loin.

— Comme vous voudrez. »

Il a arraché le ticket du compteur. Ça faisait trois dollars vingt. Je lui ai donné la somme exacte, ni plus ni moins. Le chauffeur a empilé nos bagages sur le trottoir et a démarré. Il pouvait bien ricaner ! Un sou est un sou. De nos jours il était de bon ton de railler la saine sagesse d'un Carnegie ou d'un Rockefeller. Je comprenais maintenant que ces grands hommes étaient dans le vrai.

« Allons-y, papa. C'est pas loin. Seulement trois ou quatre kilomètres. »

Il a craché dans ses mains.

« Voilà que tu deviens raisonnable, on dirait. »

À chacun selon son mérite. Et sans papa, je me serais peut-être retrouvé au ruisseau, parmi les ordures hétéroclites ; je n'aurais jamais revu ma Joyce. Sans lui, notre voyage aurait sans doute tourné en eau de boudin ; les lourds bocaux de tomate et de figues, ainsi que le gâteau intact de maman auraient jalonné le chemin de notre déroute.

Il était fort comme dix hommes, tandis que nous nous traînions, telles des limaces, que la chaleur étouffante engourdissait mon esprit et que les gaz d'échappement brûlaient mes lèvres desséchées. Il portait son sac à outils dans une main, une valise dans l'autre, la seconde valise sous le bras. À vingt pas derrière lui, je luttais contre le poids horrible du carton ficelé et de mon sac de voyage. Inébranlable, il endurait l'épreuve de cette marche désespérée et criait des encouragements au jeune homme qui voulait tout laisser tomber chaque fois qu'un drugstore envoyait à ses narines l'arôme capiteux des sodas et des chocolats glacés. Mais un sou était un sou. Je devais l'apprendre à mes dépens jusqu'au bout. J'étais un fichu crétin et je le savais.

Nous avons enfin atteint la maison. Papa était frais comme une rose. Je me suis jeté sur la pelouse. Joyce nous a vus par la fenêtre et s'est précipitée dehors. Au premier coup d'œil qu'il lui a lancé, à elle et à la rondeur avantageuse de sa taille, papa a lâché ses valises et fondu en larmes. Il a tendu les bras vers elle.

« Ah, Miss Joyce ! Le bébé, il est magnifique.

— Papa Fante ! »

Elle s'est élancée à sa rencontre, les bras de ma femme se sont noués autour du cou de mon père, la douce pression de la butte s'est exercée contre sa taille et il a dû reculer discrètement, mais elle s'accrochait à lui, et il était gêné autant qu'émerveillé par ce splendide ballon.

« Nous sommes tellement contents que vous soyez venu, elle a souri. Nous avons terriblement besoin de vous. »

Il a ri en lui donnant des petites tapes maladroites ; il adorait sa bru ainsi que cette rondeur voluptueuse qui contenait une partie de lui-même. Ivre de joie, il tremblait devant la butte, cette extension de son être, cette projection de son existence qui dépassait largement les limites des années qui lui restaient à vivre. Assis sur l'herbe à les regarder, j'ai soudain compris que même la naissance de ses propres enfants n'avait pas suscité chez lui l'excitation romantique que lui procurait cette grossesse. Par-dessus son épaule, Joyce a baissé vers moi un regard étonné. J'étais tout simplement assis là, content d'être chez moi, trop fatigué pour parler.

« John… qu'y a-t-il ?

— Nous avons marché. »

Je me suis levé pour l'embrasser.

« Pourquoi n'avez-vous pas pris un taxi ?

— On a fait ça aussi. »

Je n'avais pas la moindre envie de discuter. Je voulais prendre un bain, changer de vêtements, continuer de vivre en essayant d'oublier ce sinistre épisode. Avec la grosse extrémité de sa chaussure, papa donnait des coups de pied dans la pelouse.

« Herbe du diable. Rien que de l'herbe du diable. Mauvais, ce pays. »

Son regard a suivi les deux rangées de grands palmiers qui bordaient l'avenue, leurs troncs minces qui filaient vers le ciel, leurs frondaisons semblables à des plumeaux de femme de ménage montés sur de longs manches.

« Mauvais, ces arbres. Pas d'ombre, pas de fruits, rien de rien. »

Nous avons transporté les bagages dans la maison, où nous les entassions au pied de l'escalier. À gauche de l'entrée, une marche plus bas, se trouvait le salon avec ses grandes baies vitrées, ses murs verts, une vaste pièce agréable à la moquette beige et aux meubles en chêne soigneusement choisis. Malgré le trou dans le plancher de la cuisine, j'ai de nouveau eu le sentiment que c'était une bonne maison, une maison heureuse que j'étais fier de posséder, et j'ai enlacé les épaules de Joyce.

« La voilà, papa. Ma maison. »

Il tournait la tête de droite et de gauche en tranchant l'extrémité d'un nouveau cigare entre ses dents, puis il a frotté une allumette contre sa cuisse et l'a allumé.

« Le plancher est pas d'aplomb.

— Un plancher en chêne, papa. Excellent plancher.

— L'est pas d'aplomb. »

Nous avons baissé les yeux vers le plancher. Il m'a paru impeccable.

« Sac à outils », il a dit.

Son sac était empilé sur les bagages.

« Sac à outils, il a répété.

— Il est là-bas.

— Sac à outils », il a encore répété.

Plusieurs secondes se sont écoulées avant que je ne comprenne ce qu'il voulait dire – il désirait que j'ouvre son sac à outils. Une fois que j'ai eu compris cela, j'ai su que mon père avait pris les choses en main, que nos rapports avaient brusquement changé, qu'il était devenu le patron. Ça m'a rappelé l'époque lointaine où je vivais sous son toit avec mes frères et où je l'aidais sur les chantiers. Il n'y avait pas pire que de travailler pour cet homme ; ni mes frères ni moi n'aimions cela. En ce temps-là il disait : « Crayon », et cela signifiait : donne-moi un crayon. Ou bien il disait : « Deux sur quatre, trois pieds de long. » Cela faisait partie du mystère inhérent à notre travail, car il ne nous expliquait jamais pourquoi il faisait telle ou telle chose. Il n'expliquait jamais rien ; à la fin de la journée nous étions frustrés, furieux, car il nous traitait comme ses esclaves. Et seize ans après, il remettait ça : cet homme se tenait sous mon toit et disait : « Sac à outils. »

J'ai retiré les lanières et je l'ai ouvert.

« Tube demi-pouce. Un pied de long. »

J'ai fouillé au fond de son sac et trouvé plusieurs tubes. Il marchait de long en large en examinant le plancher. Je lui ai donné ce qu'il voulait. Mais il s'est contenté de le regarder sans le prendre.

« Mauvais tube.

— C'est celui que tu m'as demandé.

— Tube demi-pouce. Un pied de long. »

J'ai encore fouillé dans le sac et en ai trouvé un autre. Ça m'a paru être le bon. Je l'ai tendu à papa.

« Mauvais tube. »

Je l'ai jeté rageusement dans le sac, d'où j'ai tiré toutes sortes de tubes, que je lui ai tendus. Il a prestement choisi celui qu'il voulait.

« Niveau. »

Je lui ai donné le niveau.

Il l'a posé par terre, il s'est agenouillé et a observé la bulle d'air du niveau.

« Mètre à ruban. »

Je le lui ai donné, et il a mesuré la distance qui séparait la porte de la première marche de l'escalier.

« Quatre mètres. »

Il a posé le tube par terre près de la porte, en le retenant avec son pied. « Le plancher s'est affaissé de quatre centimètres. Le tube va rouler jusqu'à l'escalier. Toute la maison s'est affaissée par le milieu. »

Il a retiré son pied et le tube s'est mis à rouler, d'abord lentement, puis il a pris de la vitesse en faisant de plus en plus de bruit ; même quand il a percuté la marche de l'escalier, j'ai su que papa n'était pas le type qu'il fallait pour ce boulot : j'ai su qu'il détestait cette maison, qu'il débordait de préjugés contre elle et qu'il se montrerait impitoyable. Nous avons regardé le tube se balancer avant de s'immobiliser. Joyce était stupéfaite.

« Pour l'amour du Ciel… »

Papa a ramassé son morceau de tube et me l'a tendu.

« Sac à outils. »

J'ai lancé le tube dans le sac.

« Ferme. »

Je l'ai fermé.

« Lanières. »

J'ai fermé les deux lanières.

« Termites », il a dit.

Joyce l'a emmené dans la cuisine. J'ai fait mine de monter l'escalier.

« Où tu vas ? » il m'a demandé.

« Bain. »

Je suis monté à l'étage et j'ai pris mon bain. Pendant une heure je me suis prélassé dans l'eau tiède, en somnolant mais sans dormir. Pour moi un bain ne tendait pas tant à la propreté du corps qu'au rafraîchissement de l'esprit. Mes pensées sont devenues un ciel d'été que des images lénifiantes traversaient comme autant de nuages blancs : les voiliers à Newport Beach, la beauté ensorcelante de Valli, le troisième parcours du golf de Fox Hills, la prose de Willa Cather. Toutes ces choses délicieuses, ces joies splendides et séduisantes accompagnaient mon bain.

Mais ce jour-là un spectacle étrange s'est ajouté à mon imagerie habituelle, une séquence nouvelle et stupéfiante qui figurait un étang d'eau stagnante, moussue et fraîche. Les ombres profondes de la forêt enchâssaient cet étang, et juste sous la surface de l'eau des créatures apparaissaient puis disparaissaient ; chaque fois qu'elles s'en allaient, de terribles filaments blancs traînaient dans l'eau derrière elles. Je reconnus peu à peu ces créatures. Elles étaient papa, et Joe Muto, et M. Randolph, et le type en tweed. Les longs filaments blancs qu'elles traînaient derrière elles étaient des cordons ombilicaux. Et ces créatures étaient si effrayantes que j'ai sauté hors de ma baignoire pour m'habiller rapidement.

Entourée de livres, Joyce lisait dans le salon. J'ai aperçu papa dans l'arrière-cour. Il était assis sous un grand parasol, un pichet de vin posé à portée de sa main sur la table en fer, un cigare à la bouche ; jambes allongées, décontracté, il observait la maison.

« Qu'a-t-il dit à propos du trou dans la cuisine ?

— Il veut y réfléchir, a répondu Joyce.

— Il n'y a pas à réfléchir. Il suffit de réparer ce trou. »

Elle a fermé son livre. « Laisse-le y penser. Il est plein d'idées.

— Je me fiche de ce qu'il pense, il faut réparer ce trou. Ç'a été une erreur de le faire venir ici. Il est vieux et sclérosé. Je nous prédis des ennuis.

— Ce n'est pas une façon très gentille de parler de son père.

— J'y peux rien. Il est devenu un parfait excentrique.

— Tu aurais dû y penser avant de lui demander de venir. Le quatrième commandement, tu connais ?

— Le quatrième commandement ?

— Tu honoreras ton père et ta mère. »

Je lui ai lancé un bref regard. Elle incarnait une énorme placidité ; son ventre massif saillait fièrement de son giron comme un autre individu. On avait l'impression de parler à deux personnes. Derrière ses lunettes de lecture, les yeux gris clair étaient beaux. Elle trônait au milieu d'une douzaine de livres, certains posés sur une table basse, d'autres à côté d'elle sur le divan. Elle lisait Chesterton, Belloc, Thomas Merton, François Mauriac. Il y avait des livres de Karl Adam, Fulton Sheen, Evelyn Waugh. J'ai regardé certains titres : *L'Esprit du catholicisme*,

La Foi de nos pères, *L'Université idéale*. Certains de ces livres m'appartenaient, ils venaient d'une caisse poussiéreuse entreposée au garage ; mais la plupart, tout neufs, venaient du libraire. C'était incroyable de la voir parmi de tels livres, car Joyce était une froide matérialiste, une athée convaincue des vertus de la science.

« Que fais-tu ?

— Je crois que je change. » Elle a retiré ses lunettes de lecture. « Si Dieu est infiniment bon, pourquoi permet-il la naissance d'enfants infirmes ? »

Ça m'a flanqué une trouille bleue.

« Il y a un problème avec le bébé ?

— Bien sûr que non. Je t'ai posé une question.

— Je n'en connais pas la réponse. »

Elle a eu un sourire satisfait.

« Eh bien moi, je la connais.

— Tant mieux pour toi.

— Tu ne veux donc pas l'entendre ? »

Je ne parvenais pas à la prendre au sérieux. C'était sûrement encore un caprice de sa grossesse. Cette fille aimait arroser sa salade d'avocats avec de la sauce aux piments. Ça lui passerait dès qu'elle aurait retrouvé sa ligne. C'était une lubie. Forcément. Je voulais une épouse athée. Cela me facilitait les choses. Cela simplifiait aussi le choix du nombre de nos enfants. Question contraceptifs, nous n'avions aucun scrupule. Nous ne nous étions pas mariés à l'église. Nous n'étions pas enchaînés par le mariage jusqu'à la mort d'un des conjoints. Le divorce était à notre disposition. Mais si elle devenait catholique, cela entraînerait un tas de complications. C'était difficile d'être un bon catholique, très difficile ; d'ailleurs j'avais quitté l'Église à cause de cela. Pour être un bon catholique, il fallait s'extirper de la foule pour L'aider à porter Sa croix. Je tenais cette épreuve en réserve pour ma vie future. Si Joyce voulait se convertir, il faudrait sans doute que je suive le train, car elle était ma femme. Non ; c'était sûrement un caprice de grossesse, une lubie passagère. Ce ne pouvait pas être sérieux.

« Ça te passera, j'ai répondu. Pas de coups de téléphone ?

— Rien d'important. »

J'ai appelé ma secrétaire aux studios. Tous les appels relevaient de la routine. Quelqu'un voulait jouer au golf, un autre au poker. Mon producteur était à New York, le plus grand calme régnait sur la direction. Le moment était donc idéal pour réparer notre cuisine. Il faudrait acheter du bois, papa aurait sans doute besoin d'un aide. Je suis sorti dans la cour de derrière et me suis assis sur une chaise en fer sous le parasol. Les pieds posés sur la table, papa n'a pas bronché. Le pichet était presque vide. Il regardait la fumée de son cigare monter entre les branches du faux oranger installé au centre de la cour.

« Qu'en penses-tu, papa ? Ça va coûter cher ?

— J'ai mal aux yeux. Mauvais, ce pays.

— C'est le smog. Il faudra que tu remplaces certaines solives.

— Est-ce que je t'ai déjà parlé de mon oncle Mingo et des bandits ?

— Bien sûr, très souvent. Tu auras besoin d'un aide pour ce boulot ?

— Un type courageux, mon oncle Mingo. C'était un Andrilli, le frère de ta grand-mère. Ils l'ont pendu haut et court dans les Abruzzes. Les *carabinieri*... Il avait deux balles dans l'épaule, et ils l'ont pendu quand même. Sa femme était là, elle pleurait. Il y a soixante et un ans de ça. J'étais là. Coletta Andrilli, une belle femme. »

Il buvait en tenant le pichet à deux mains, sa pomme d'Adam montait et descendait. Quand il posait le pichet, c'était pour reprendre ses agréables divagations. Je lui ai dit qu'il y avait un magasin de bois dans le voisinage. S'il voulait bien dresser la liste du matériel dont nous aurions besoin, nous pourrions aller au magasin de bois avant la nuit.

« J'ai hâte de commencer ces réparations, papa. »

Alors papa a parlé à son cigare : « Il a hâte de commencer ses réparations. Je suis ici depuis deux heures. Je suis fatigué. J'ai mal dormi dans le train, mais il veut commencer tout de suite. »

Je me suis excusé. Évidemment, il avait raison. Je me montrais trop exigeant. « Mais bien sûr, papa. Je ne veux pas te presser. Repose-toi quelques jours. Refais-toi une santé. La cuisine peut attendre.

— Je vais m'en occuper de ta cuisine, mon petit. Mais occupe-toi de l'écriture. »

Son visage accusait la fatigue ; son menton était couvert de poils gris, les commissures des lèvres s'inclinaient vers le bas, ses yeux injectés de sang étaient mi-clos pour tenter d'échapper à l'air vicié.

« Amuse-toi, papa. Repose-toi. Tes désirs sont des ordres. Veux-tu encore du vin ?

— T'inquiète donc pas pour le vin, petit. Je m'occupe du vin.

— Je vais commander du chianti, papa. Du vrai chianti. Quoi d'autre ?

— Une machine à écrire.

— J'en ai une portable en haut. Mais tu ne sais pas taper à la machine, papa. »

Il a examiné son cigare. « Tu tapes. Je parle. »

Ça m'a touché. Hier soir seulement il avait quitté maman, et il voulait déjà lui envoyer un petit mot. « C'est bien, papa. Elle sera très contente.

— Elle est morte.
— Qui ?
— Coletta Andrilli.
— Je croyais que tu voulais envoyer une lettre à maman.
— Pourquoi donc ? Je l'ai vue hier. Tu déraillles, petit.
— Alors pourquoi veux-tu une machine à écrire ?
— Mon oncle Mingo et les bandits. Nous rédigeons cette histoire. Pour le petit garçon, pour qu'il sache qui est oncle Mingo. Pour le rendre bon et fier.
— Pas aujourd'hui, papa. Nous ferons cela, mais plus tard.
— Aujourd'hui. Maintenant.
— Mais pourquoi aujourd'hui ? »
Il m'a répondu sauvagement, il m'a répondu avec terreur : « Parce que je peux mourir à tout moment. N'importe quand.
— Une autre fois. »
Une brusque douleur a couvert son visage. Il s'est levé sans un mot, puis est entré rapidement dans la maison. Je l'ai vu traverser le salon très vite sans adresser la parole à Joyce. Il a monté l'escalier. Quand j'ai atteint le salon, la porte de la chambre d'ami a claqué. Joyce m'a lancé un coup d'œil au-dessus de ses lunettes de lecture.
« Qu'as-tu encore fait à ce malheureux vieillard ?
— Rien du tout. Il veut que j'écrive une histoire à propos de son oncle Mingo.
— Tu as refusé, naturellement.
— J'ai dit : plus tard.
— Après Dorothy Lamour et les Gitans ?
— Oh ! c'est malin…
— Tu as tort de traiter ton père ainsi. C'est un péché. Tu sais parfaitement que tu dois respecter les

personnes âgées, surtout tes parents. C'est un devoir sacré devant Dieu. »

Grosse et impavide, elle était. Un énorme roc blanc, imperturbable devant les vagues qui s'écrasaient contre lui. Une tour d'ivoire, l'étoile du matin, la colline ondoyante, le barrage de Boulder.

« Qu'as-tu donc depuis quelque temps ?

— Je ne supporte pas que tu maltraites ton père. »

J'ai vainement cherché une réponse adéquate. Son assurance époustouflante m'a secoué. D'ordinaire c'était une femme pleine de tact, qui sortait rarement de ses gonds. J'ai envisagé de m'excuser auprès de papa, mais cela m'aurait piégé dans une séance en compagnie de feu oncle Mingo. Non que je détestasse l'oncle Mingo. Je ne détestais pas l'oncle Mingo. J'ai encore fait le vœu d'écrire son histoire, mais je ne voulais fichtrement pas m'en occuper tout de suite.

« Je vais aux studios. »

Elle avait repris sa lecture. Elle a levé les yeux.

« Pardon ?

— Je vais aux studios.

— Si Dieu est omniscient et infiniment bon, pourquoi crée-t-Il des âmes dont Il sait qu'elles endureront la damnation éternelle ?

— J'en sais rien.

— Moi, je sais, elle a souri.

— Oh ! c'est malin… »

J'ai marché jusqu'au garage et suis monté en voiture. En ville la circulation était dense et je mettais d'habitude vingt minutes pour rejoindre les studios ; ce jour-là, j'ai apprécié les encombrements, les coups de klaxon des bus. Après son accouchement, Joyce retrouverait tout cela, le confort de la confusion, la nécessité impérieuse de la survie. La grossesse d'une épouse constituait une épreuve pour un homme.

La création donnait à la femme une force terrible, et elle se passait volontiers de lui. Mais cela serait bientôt terminé. Je l'imaginais de nouveau mince, en dentelle noire, affamée de mes bras. Le premier enfant les épanouit, embellit leurs formes. J'étais très heureux en allant aux studios. Ivre d'amour, je savourais les joies à venir.

Ma secrétaire m'attendait debout.

« Appelez votre femme, c'est urgent. »

Alors que je composais le numéro, je l'imaginais prostrée sur la banquette d'un taxi, le bébé à moitié né, Joyce gémissant, le chauffeur terrorisé, les motards de la police ouvrant la route parmi la circulation du Wilshire, les sirènes lancées à fond, le taxi qui fonçait vers l'hôpital.

Joyce m'a répondu.

« Ton père est parti.

— Où ?

— Il est retourné à San Juan.

— Impossible. Il n'a pas d'argent.

— Il rentre à pied. Il descend le Wilshire. Je n'ai pas pu l'arrêter.

— Je vais le chercher. »

J'ai raccroché, filé à ma voiture, démarré, foncé vers le Wilshire. À plus d'un kilomètre à l'est de chez moi, je l'ai repéré. Dès que je l'ai aperçu, j'ai fondu en larmes. Il était assis sur un banc du boulevard, à un arrêt de bus. Son sac à outils et ses valises ficelées gisaient à ses pieds. Il était assis là au carrefour, vieillard aux maigres biens dépenaillés. Il était assis sans le moindre espoir, un homme perdu dans une grande ville, au bord d'un fleuve d'automobiles dont les gaz d'échappement noyaient son visage épuisé, oui, j'ai pleuré. Je voulais battre ma coulpe, dire *mea culpa, mea culpa*, car je comprenais le désespoir des vieux, la solitude des dernières années, mon papa, mon vieux papa venu des lointaines Abruzzes, paysan jusqu'à la moelle, assis sur un banc et seul au monde. Bien sûr que j'allais écrire son histoire ! Nous allions nous occuper d'oncle Mingo, pour que le bébé puisse lire le récit de sa vie ! Jamais écrivain n'avait eu tâche plus urgente. J'ai garé la voiture, me suis essuyé les yeux, puis l'ai rejoint sur le banc.

« Papa. Que fais-tu ici ?

— Salut, petit. »

J'ai posé la main sur son épaule.

« À quoi ressemblait donc oncle Mingo, papa ? Raconte-moi toute l'histoire depuis le début.

— Il était rouquin, petit. Des grands pieds. Un colosse. »

Mais il n'a pas pu continuer. Il s'est mis à pleurer, et je pleurais aussi ; nous sommes tombés dans les bras l'un de l'autre, nous avons pleuré de concert, car nous comprenions l'importance d'oncle Mingo et nous l'aimions tellement après toutes ces années.

« Allez, papa. Rentrons à la maison. Nous allons écrire ça. J'en meurs d'envie, papa. Je vais écrire tout ce fichu récit. »

J'ai essayé de l'aider à se lever du banc, mais il s'est dégagé.

« J'ai plus de maison, petit. Personne veut de moi.

— Viens, papa. Nous allons t'acheter du vin, et puis nous rentrerons pour écrire tout ça.

— Une petite bouteille, peut-être. »

Il a sorti un foulard à poids bleus ; il s'est essuyé les yeux avec, puis s'est mouché bruyamment. Ensuite, il a sorti son porte-monnaie à compartiments multiples, et j'ai vu apparaître la gousse d'ail, menue flamme brune hargneuse, il a fouillé dans un compartiment, ses doigts ont extrait quelques pièces, soixante ou soixante-dix *cents*, qu'il m'a offerts.

« Une petite bouteille, pour ton papa.

— Range ça, papa. Je vais t'offrir le meilleur vin du monde. Garde ton argent, papa. J'en ai. »

Nous avons transporté ses bagages dans la voiture, puis il est monté à côté de moi. Il m'avait donc pardonné, c'était formidable de se sentir pardonné, et j'ai voulu lui prouver ma reconnaissance. Nous sommes allés dans un magasin de spiritueux qui recevait des alcools du monde entier. Papa a fureté un peu partout, sa tristesse s'évanouissant à mesure qu'il découvrait l'éclat de ces magnifiques bouteilles. Seulement un petit vin, il a insisté, de quoi humecter son gosier, peut-être une demi-bouteille de vin de Californie, mais le monde immense s'offrait sur les rayons, et tout était pour mon papa. Un peu de cabernet du Chili ; il s'est facilement laissé convaincre et nous avons commandé quelques bouteilles. Et puis du Château-Lyonnais ; et une caisse de bordeaux doré. Il souriait, disait que c'était une folie, beaucoup trop cher pour un homme qui désirait seulement boire une gorgée ou deux de vin rouge de Californie. Oui, Joyce avait raison, je devais honorer la vieillesse, rendre hommage à mon papa, qui a doucement sangloté en serrant une bouteille de chianti emballée dans la paille, si bien que nous en avons également acheté une caisse.

« C'est beaucoup trop », il a protesté en se tordant les mains, mais il est rapidement entré dans le jeu, il a allumé un cigare, une expression rusée de prince mercanti a envahi son visage, il s'est mis à marcher de long en large dans ce beau magasin, en sortant des bouteilles pour lire leur étiquette, avant de les remettre sur leurs rayons. Il est devenu un œnologue sophistiqué qui connaissait les eaux-de-vie portugaises, savait tout du cognac Martell. Ses goûts ne manquaient certes pas de fantaisie, car il appréciait l'anisette florentine fabriquée par les moines italiens, et quand il a aperçu la grande bouteille dorée de Galliano, j'ai compris qu'il devait aussi avoir celle-là, un vieil homme doit goûter au Galliano, la bouteille est d'une conception si exquise et la liqueur aussi jaune que le soleil d'Italie.

Le vendeur m'a promis une prompte livraison à domicile, mais papa n'avait confiance qu'en soi pour le Galliano, et puis il s'est dit qu'il devait aussi emporter le Martell. Nous sommes retournés à la maison, j'ai rentré la voiture dans le garage. Il en est descendu avec mille précautions, en contrôlant chacun de ses gestes.

Joyce a été contente de nous voir revenir ensemble, elle nous a embrassés, et ses lèvres sur ma joue étaient celles d'une nonne.

« Sois béni, mon chéri », elle a murmuré.

C'était bien la première fois qu'elle disait une chose pareille. Papa a ouvert le Galliano et le Martell, puis nous nous sommes installés confortablement au salon. Tel un alchimiste œuvrant dans une cave vénitienne, il s'est versé deux doigts de Martell, puis, avec un sourire de profonde béatitude, un doigt de Galliano. Il a bu une petite gorgée, et une extase si douce l'a alors submergé que j'ai cru qu'il allait s'envoler lentement vers le plafond.

« Mon oncle Mingo était rouquin, il a dit. Il habitait une maison de pierre aux murs épais d'un mètre... »

Joyce nous a apporté un plateau de fromage et de salami.

« Un jour je lui ai demandé : "Oncle Mingo, qu'est-ce qui te rend si fort ?" Oncle Mingo, il m'a attrapé dans l'une de ses mains, il m'a soulevé à bout de bras et il a dit : "L'huile d'olive." »

Joyce et moi, nous avons bu un peu de Galliano.

« Le frère d'oncle Mingo, c'était le maire de Torcelli. Les routes étaient mauvaises, en ce temps-là. Cinq mille âmes. Mon cousin Aldo est mort à quatre ans. Tout le monde venait à la fiesta. Du fromage. Antonio n'aimait pas le prêtre. Un peu de blé, mais surtout de l'avoine. Je suis allé là-haut, et j'ai dit : "Vico, keski s'passe ici ?" C'était avant que nous n'ayons l'électricité… »

La nuit est tombée. Le téléphone a sonné plusieurs fois, et Joyce allait répondre à pas de loup. Elle ne voulait surtout pas que je me lève. Je devais rester assis pour écouter, enregistrer les faits. Papa a lâché le Galliano pour attaquer le Martell pur. Alors on a sonné : c'étaient quelques amis de Joyce. Elle les a discrètement fait passer devant nous en les guidant vers mon cabinet de travail.

« Della, la sœur d'oncle Mingo, elle a épousé Giuseppe Marcosa. Un jour j'ai vu D'Annunzio en ville, qui faisait de la bicyclette. Très chaud l'été, glacé l'hiver. Un vrai colosse, l'oncle Mingo. Parfois du chocolat, mais jamais de café. Et ses murs, un mètre d'épaisseur. Peut-être un hectare. Plein de cailloux. Il faisait bien deux mètres. Un brave type. Costaud. Un toit en tuiles. Quand Italo est mort, toute la ville était là. Je me suis dit, on pourrait apporter le poisson de Bari, mais ce Luigi c'était un nul. Comment pouvait-on voler la dot de sa propre fille ? Je savais que ça ferait des ennuis… »

Joyce a quitté ses amis pour me servir le dîner sur un plateau. Papa n'avait pas faim. Je continuais d'écouter en grinçant des dents. Joyce est allée dans mon bureau retrouver ses amis. J'ai entendu leurs éclats de rire. Papa avait descendu la moitié de la bouteille de cognac.

« Nous n'avons pas eu de pluie cette année-là. Mon cousin est parti à Naples. Bien sûr, y a eu un peu de raisin, mais la récolte a été médiocre. Le pays des oliviers, plein de caillasse. Pas de barbier à Torcelli, chacun se rasait seul. Il n'a pas neigé avant le 19 janvier. Oncle Mingo est arrivé à la maison, il était fou de rage… »

La sonnette a encore retenti. C'était le livreur du magasin de spiritueux. Il a empilé les sacs et les caisses dans l'entrée. Papa a titubé jusqu'à la cuisine, puis il est revenu avec un tire-bouchon. Il a ouvert une bouteille de chianti. Un instant, j'ai cru l'épreuve terminée. Il vacillait dangereusement en tirant sur le goulot de la bouteille, mais il a fini par revenir dans le salon et se rasseoir.

« Voyons voir… où en étais-je ? »

Je devais donc supporter ce calvaire jusqu'à la fin. J'allais mourir dans cette pièce, enchaîné à mon fauteuil, mais je devais entendre toutes les fariboles décousues de mon père. « Ton oncle Mingo est arrivé à la maison, et il était fou de rage. »

« Et comment qu'il bichait ! Personne n'aurait supporté ça. Toi, tu ne saisis pas. Tu es assis ici à Los Angeles, avec une abondance de boustifaille, et tu ignores tout des problèmes de l'humanité. Toutes ces caillasses qui tombaient dans son champ. Le petit garçon était malade. Ma mère qui est passée de vie à trépas. Le vent qui soufflait sans discontinuer. La chèvre est morte, et Dino est parti pour Rome afin d'entrer dans les ordres. Les impôts étaient trop élevés. J'ai eu dix-sept ans avant d'aller à Naples. J'avais des troubles de la vue. Oncle Mingo a retiré sa chaussure, et son pied saignait. Nous avions de l'huile d'olive, mais la gelée a bousillé toutes les vignes. Pas d'électricité, pas de gaz. Elena, la femme de mon frère, a eu un bébé. Oncle Mingo l'a saisi par la peau du cou et lui a dit : "Alfredo, je vais briser jusqu'au dernier de tes os." C'était la nuit où il pleuvait. Ils avaient tous peur d'oncle Mingo... »

Il n'est jamais arrivé à l'épisode des bandits. Les amis de Joyce ont pris congé dans un silence respectueux ; il a vidé deux bouteilles de chianti en parlant de toutes sortes de choses, mais pas la moindre allusion à oncle Mingo et aux bandits. Un peu avant minuit, Joyce a gravi l'escalier sur la pointe des pieds. Nous étions assis dans la lumière ténue d'une lampe. Lentement, interminablement, il s'est endormi. Je l'ai secoué, mais il a monté les marches en dormant, un bras passé autour de mes épaules. Je l'ai porté à sa chambre, déshabillé, mis au lit, bordé, avec ses caleçons longs et le reste.

Mon travail n'était pas encore terminé. Car dès le lendemain matin il me demanderait l'histoire. Je suis allé dans ma chambre et j'ai retiré la housse de la machine à écrire portable. J'ai tapé la date en haut d'une feuille blanche, et j'ai rédigé l'histoire sous forme de lettre :

> Cher Enfant à naître,
>
> Ce soir ton grand-père m'a raconté l'histoire d'oncle Mingo et des bandits. Oncle Mingo était ton arrière-grand-oncle. J'écris cette histoire parce que ton grand-papa désire qu'elle soit conservée pour le jour où tu sauras la lire et peut-être l'apprécier...

J'avais cru que j'en aurais fini en vingt minutes. Je devais absolument tirer quelque chose de ce chaos d'anecdotes sans queue ni tête. Finalement, j'ai trouvé une ambiance. À quatre heures du matin, les dents brûlantes d'avoir trop fumé, je martelais toujours mon clavier. Au diable le gamin ; j'allais vendre cette histoire au *Saturday Evening Post*. Toute la nuit j'ai entendu papa ronfler. Je l'ai entendu se lever, grommeler, s'ouvrir un chemin tâtonnant vers la salle de bains. Il y a eu beaucoup de vacarme dans le couloir, puis le bruit feutré de plusieurs pieds. Quand papa n'était pas dans la salle de bains, Joyce l'occupait. Ces deux individus sortaient à tour de rôle de leur chambre pour aller à la salle de bains. Une fois j'ai entendu un bruit de piétinements dans le couloir : c'était Joyce, qui attendait son tour. Papa est sorti, avec ses caleçons longs. Ils se sont regardés, souri avec la compréhension muette des somnambules, puis croisés.

Le lendemain à midi, je suis descendu. Je tenais mon manuscrit, vingt bonnes pages à propos d'un bandit italien, un héros rouquin. J'ai trouvé papa dans la salle à manger. Il avait posé une feuille de papier à dessin sur la table et il travaillait avec une règle et un crayon.

« Tiens, papa. L'histoire d'oncle Mingo. »

J'ai jeté la liasse de feuilles sur le papier à dessin. Il a ramassé mon manuscrit et me l'a rendu. « Garde ça pour le gosse.

— Tu ne veux pas la lire ?

— Ça me servirait à quoi, de la lire ? Bon Dieu, petit, moi je l'ai vécue. »

J'avais pris cela pour un caprice de Joyce, une lubie passagère, mais elle ne voyait maintenant plus aucune raison de cacher la vérité. Depuis le commencement de sa grossesse, elle ressentait l'attrait de la religion, l'urgence du changement. La croissance de l'enfant avait développé tout cela. Elle avait d'abord caché ce nouveau penchant, même à elle-même, mais ce piteux stratagème l'avait rendue malheureuse et elle avait commencé de lire, d'explorer ce nouveau domaine à mesure que son désir mystérieux devenait plus pressant. À mon insu, pendant que j'étais absent dans le Nord, elle avait pris sa décision : elle allait rejoindre le giron de l'Église.

Elle était si mûre maintenant, si juteuse, si énorme. Ses yeux gris et l'enfant qu'elle portait semblaient vous dévorer ; quand on regardait trop longtemps son visage, on se sentait happé par la profondeur hypnotique de ses yeux où palpitait la passion de la foi. Je la surprenais souvent qui regardait dans le vide, prisonnière de quelque rêve éthéré. À midi l'angélus sonnait au clocher de Saint-Boniface, l'église de la paroisse. Elle lâchait aussitôt tout ce qu'elle tenait, livre, peigne, torchon à poussière, pour réciter les prières de l'angélus. Cela me mettait mal à l'aise.

« Pourquoi es-tu gêné ? elle me demandait. Tu es un libéral, non ? Alors commence par le prouver ici même, dans ta maison. »

Elle m'a annoncé que nous réciterions désormais le bénédicité avant chaque repas ; je regardais papa, il a haussé les épaules, et nous avons bêtement fixé nos assiettes jusqu'à la fin de la prière. Joyce se jetait dans la religion à corps perdu. Elle passait des heures dans sa chambre, allongée sur son lit à fumer des cigarettes en réfléchissant au caractère évanescent de l'existence. Impossible de rien en tirer. Je songeais parfois que cette peur de la mort était liée à la prochaine naissance. Un soir l'ancienne passion est revenue, je me suis glissé à ses côtés pour l'enlacer. Elle dormait à poings fermés. Alors elle s'est réveillée, d'un index outragé elle a allumé sa lampe de chevet, elle s'est dressée sur un coude, puis a dardé sur moi un regard embrumé, tiède, et lourd de piété.

« Tu devrais pratiquer l'abnégation, elle a souri. Cela te rendrait plus fort.

— Je me moque d'être fort.

— Aujourd'hui j'ai lu un poème. Le voici :

"Prends tous les plaisirs de tous les mondes

Multiplie-les par le temps infini –

Sache qu'une seule minute de paradis les vaut bien tous." »

Je suis sorti aussi dignement que possible vu les circonstances, et j'ai rejoint mon propre lit en me demandant quand tout cela finirait.

Deux fois par semaine elle se rendait au presbytère de Saint-Boniface pour les cours d'instruction religieuse. Elle lisait le catéchisme et les quelques tracts élémentaires que le prêtre lui avait fournis. Mais cela ne lui a pas suffi. Elle est devenue une lectrice rapide, vorace, qui dévorait tout ce qu'elle pouvait trouver sur le sujet. Elle a lu le droit canon, Thomas d'Aquin, saint Augustin, les encycliques papales, l'encyclopédie catholique.

Un soir que je traînais dans mon bain, elle a frappé à la porte avant d'entrer.

« Crois-tu au libre arbitre ? »

Je pouvais répondre à cette colle, car je n'avais pas complètement oublié mon catéchisme.

« Je crois fermement au libre arbitre.

— Les idiots jouissent-ils du libre arbitre ? Et les fous ? »

Cela ne figurait pas dans le catéchisme.

« Je ne sais pas pour les idiots. »

Elle a eu un sourire radieux.

« Moi, je sais.

— Grand bien te fasse ! »

Un mois après le début de sa crise de conscience et quelques jours avant son entrée à l'hôpital, elle a décidé de se faire baptiser. Mais elle a eu un mal de chien à trouver un saint patron. Elle les a tous passés en revue et, après en avoir éliminé des centaines, son choix s'est restreint à deux : sainte Élisabeth et sainte Anne. Je ne voulais pas me mêler de cette affaire compliquée, mais elle en parlait sans arrêt.

Finalement, je lui ai dit : « Pourquoi pas sainte Thérèse ? Elle jouit d'une sacrée réputation, et dans le monde entier.

— Trop populaire, a dit Joyce. Pas assez obscure, pas assez mystérieuse. Et puis, c'était une femme horriblement simple. Personnellement, je pencherais plutôt pour sainte Élisabeth. Elle était très riche et très belle. Et elle écrivait bien. Je me sens très proche de sainte Élisabeth. Je crois qu'elle me comprend mieux que quiconque.

— Ben voyons… »

Elle m'a gratifié d'un doux sourire tolérant.

« Je suis prête à recevoir tes sarcasmes. Je m'y attends depuis longtemps.

— Je ne suis pas sarcastique. Je veux seulement ne pas être mêlé à tout ça. J'ai bien assez de problèmes sur les bras.

— Tu figures constamment dans mes prières, elle a dit. Je connais tes souffrances. Je les ai vécues, moi aussi – avant.

— Oh ! arrête ça.

— Mais je prie réellement pour toi. Et pour le bébé. Ainsi que pour la paix du monde. »

Je l'ai subitement trouvée irrésistible, j'ai bondi sur elle, mais eu seulement droit à un gros baiser mouillé sur la joue et à une estocade du ballon blanc dans l'estomac.

Elle a acheté des rosaires, une statue de sainte Élisabeth, plusieurs crucifix. Elle a ramené des petites bouteilles d'eau bénite à la maison, elle a fixé un bénitier en bronze sur la porte de sa chambre, à portée de main, afin de pouvoir se signer avec de l'eau bénite chaque fois qu'elle entrait dans la pièce. La statue de sainte Elisabeth trônait sur une petite étagère d'angle compliquée. Elle entassait des fleurs devant, allumait des cierges, lisait la vie des saints.

J'ai demandé à papa : « Que penses-tu de la conversion de Joyce ?

— Bien. Une bonne chose.

— Pourquoi une bonne chose ?

— Tu désapprouves ?

— Je veux planifier l'arrivée de mes enfants.

— Alors planifie. Vas-y. Des bébés.

— Bien sûr, des bébés. Plein de bébés. Mais je veux planifier leur naissance, papa. Il n'y a pas de contrôle des naissances dans l'Église, papa.

— Contrôle des naissances ?

— On ne peut pas les empêcher d'arriver. Et ils arrivent, à la queue leu leu.

— Tu trouves ça mauvais ? C'est bon.

— Nous ne sommes plus des paysans, papa. Il faut bien s'arrêter à un moment ou à un autre. »

Il a plissé les yeux.

« J'aime pas ce que tu dis.

— Un homme doit pouvoir choisir ses enfants comme il le désire.

— Tu m'entends, petit ? J'aime pas ce que tu dis.

— Imagine que les gamins arrivent, et que nous n'ayons pas d'argent.

— Trouves-en.

— C'est dur, papa. »

Son poing est monté brusquement, ses doigts écartés pour saisir ma chemise.

« Pas pour mes petits-enfants, compris ? Laisse-les tranquilles. Laisse-les venir. Ils ont autant de droit de vivre que toi. »

J'ai ouvert ses doigts pour me dégager.

« Ça n'a rien à voir avec le droit à l'existence, papa. C'est un problème économique.

— Cesse donc de lire ces sacrés livres.

— Des livres ? quels livres ? Je ne pourrai pas en élever une ribambelle.

— Moi et maman, on ne pouvait pas en élever un seul. Pas un seul, tu entends ? Pourtant, on en a eu quatre. Nous vous avons élevés sans argent, avec quelques dollars par-ci par-là, nous courions sans arrêt après l'argent. Tu regrettes qu'on n'ait pas utilisé un bidule de drugstore, mais alors tu ne serais pas né, et pas davantage ta sœur et tes frères. Maman et moi serions seuls au monde. Pour quoi faire ? »

Présenté ainsi, l'argument était imparable.

« Je pense que tu es fondamentalement un homme religieux, papa. Tu crois réellement.

— Je crois aux petits-enfants, voilà tout. Laisse donc tomber tes bouquins. »

Oui, Joyce fonçait bille en tête avec une passion de nouvelle convertie. Elle adorait marcher de long en large devant la statue de sainte Élisabeth en récitant son rosaire. Par la porte entrebâillée, je les voyais aller et venir, elle et l'enfant, ses lèvres récitant les prières, ses yeux surprenant son reflet dans la glace comme elle essayait de rentrer le ventre.

Un matin elle m'a accompagné au garage.

« Tu sais naturellement que nous devons nous marier dès que possible.

— Nous sommes déjà mariés. Le juge de paix nous a mariés à Reno.

— C'était une cérémonie civile. Pour moi, elle ne compte absolument pas.

— Pour moi, elle compte.

— Je veux sanctifier mon mariage.

— Tu veux dire... que nous avons vécu dans l'adultère pendant toutes ces années ?

— Nous allons nous marier après mon baptême. C'est une merveilleuse cérémonie. Nous resterons mariés jusqu'à notre mort. » Elle a souri. « Comme ça, tu ne pourras jamais divorcer. »

On ne discute pas avec la mère de son futur enfant. On se décarcasse pour la rendre heureuse. On est déclassé à ses yeux, on est à peine toléré, on se retrouve avec un rôle de second plan, elle devient la vedette du spectacle, et on est censé se soumettre, car le scénario le veut ainsi. Autrement, on risque de l'énerver, de provoquer son angoisse, et du même coup celle de l'enfant.

« Que veux-tu que je fasse, ma chérie ? Dis-moi clairement et exactement ce que tu attends de moi.

— Le père Gondalfo va venir te voir. C'est mon confesseur. J'aimerais que tu lui parles. »

Le surlendemain, le père John Gondalfo est arrivé à la maison. Cet après-midi-là, je l'ai trouvé assis dans le salon en compagnie de Joyce et de papa. Le père Gondalfo était du genre dur à cuire. Il avait été aumônier des marines dans le Pacifique sud. Il m'attendait depuis plus d'une heure. À cause de la chaleur il avait enlevé son veston et était assis en T-shirt blanc ; les poils noirs de son torse massif traversaient la résille de son maillot. Il avait des bras de lutteur, et pour garder la forme il jouait au handball contre le mur du garage de la paroisse. C'était un jeune prêtre d'une quarantaine d'années, au sombre visage sicilien, au nez cassé, et coiffé en brosse. On aurait dit un garde ou un pilier de l'équipe de Santa Clara. Dès que je l'ai vu, j'ai compris que, comme moi, il était de souche italienne, ce qui a aussitôt établi entre nous une violente familiarité. Il a écrasé mes phalanges dans une vigoureuse poignée de main.

« Il est cinq heures et demie, Fante. Où étiez-vous ? »

Je lui ai répondu que je travaillais.

« À quelle heure vous décanillez ? »

Je lui ai répondu : un peu après quatre heures.

« Quatre heures ? Mais où donc avez-vous traîné pendant une heure et demie ? »

Je lui ai répondu : *Chez Lucey*, pour boire un verre.

« Vous savez donc pas que votre femme est enceinte ? »

Joyce était assise dans un grand fauteuil, l'énorme monticule se vautrait indolemment dans son giron, elle écartait légèrement les genoux pour le soutenir. Elle adorait le père John. Je devinais également l'admiration de papa, ainsi qu'une légère hostilité à mon égard.

« Ça vous plaît donc pas de boire un coup ici, sous votre toit ? a lancé le père John. Avec votre épouse et ce grand homme qui est votre père ? Z'avez pensé à ça ? »

J'ai admiré ses épaules, l'intensité noire de ses yeux. « Mais si, mon père. Je bois aussi à la maison, beaucoup.

— Feriez mieux de pas faire le mariole, Fante.

— Certainement, mon père. Mais…

— Inutile de discuter avec moi, mon gars. Vous croyez peut-être que je sors tout juste du séminaire ? »

Je ne voulais discuter avec personne. En regardant Joyce, j'ai compris que les remontrances sournoises du père John l'emplissaient d'une ferveur nouvelle.

Elle désapprouvait catégoriquement ma conduite. Papa aussi, qui, assis devant une bouteille de vin, se léchait les babines en opinant doctement du chef chaque fois que le prêtre me tançait.

Le père John a claqué ses mains puissantes l'une contre l'autre, les a frottées vigoureusement, puis a dit : « Bon, j'irai droit au fait. Fante, votre femme a l'intention de rejoindre la sainte Église catholique romaine. Z'avez des objections ?

— Pas d'objection, mon père. »

C'était d'ailleurs la vérité. Je n'avais aucune objection à formuler. Je souhaitais sans doute qu'elle attende un peu, qu'elle repousse sa décision, mais c'était autre chose.

« Et vous ? Votre père ici présent, ce grand homme, ce merveilleux homme, me dit avoir sué sang et eau pour vous donner une solide éducation catholique. Et maintenant vous lisez des livres, et, s'il vous plaît, vous en *écrivez*. Qu'avez-vous donc contre nous, Fante ? Vous êtes sans doute un esprit brillant. Expliquez-moi donc un peu ça. Je vous écoute.

— Je n'ai rien contre l'Église, mon père. Simplement je veux penser…

— Ah, c'est donc ça ! L'infaillibilité du Saint-Père. Vous voulez donc savoir si l'évêque de Rome est réellement infaillible en matière de foi et de morale. Fante, je vais éclairer votre lanterne pas plus tard que maintenant : il l'est. Keski vous tracasse encore ? »

Je me suis approché de papa, j'ai pris sa bouteille et j'ai bu une rasade au goulot. L'attaque surprise du père John m'avait secoué, je devais absolument calmer mon esprit.

« Voyez-vous, mon père, la Vierge Marie…

— Je vais vous répondre à propos de la Vierge Marie, Fante. Je vais vous dire les choses carrément, sans la moindre équivoque. Marie, la mère de Dieu, a été conçue sans péché, et à sa mort elle est montée au ciel. Un type intelligent comme vous comprendra certainement cela.

— Oui, mon père. Je l'accepte volontiers pour le moment. Mais à la messe, pendant la consécration…

— Pendant la consécration, le pain et le vin se changent en le corps et le sang du Christ. Problème suivant…

— Eh bien, mon père. Quand un homme se confesse…

— Le Christ a accordé à ses prêtres le pouvoir de pardonner les péchés quand il a dit : "Reçois le Saint-Esprit, les péchés que tu pardonneras seront pardonnés, et ceux que tu retiendras seront retenus." C'est écrit noir sur blanc dans le Nouveau Testament. Lisez-le donc vous-même.

— Je comprends bien, mon père. Mais la doctrine du péché originel…

— Ah ! C'est donc ça ! Par péché originel nous entendons qu'en qualité d'enfants de nos premiers parents nous sommes conçus dans le péché et le restons jusqu'au glorieux sacrement du baptême.

— Oui, mon père. Je sais. Mais la Résurrection…

— La Résurrection ? Pour l'amour du Ciel, Fante, mais c'est d'une simplicité élémentaire. Le Christ, notre Seigneur, fut crucifié, puis Il se dressa parmi les morts, et ce geste est une promesse d'immortalité pour tous ses enfants. À moins que vous ne préfériez mourir comme un chien, englouti jusqu'à la fin des temps dans l'oubli ? »

Je me suis assis en soupirant. Il n'y avait rien à ajouter. Papa s'est raclé la gorge, un petit sourire aux lèvres, puis il a levé la bouteille. Il y avait une curieuse chaleur dans ses yeux. La cendre de son cigare maculait le devant de son pantalon.

« Ce gosse lit trop, mon père. Je lui répète ça depuis des années. »

C'était donc « ce gosse », maintenant.

« Mais j'aime lire, papa. Ça fait partie de mon métier.

— C'est à cause de tous ces bouquins, mon père. Il m'a même parlé de contrôle des naissances.

— Contrôle des naissances ? » Le père John a souri tristement en secouant la tête. « Je vais tout vous dire sur le contrôle des naissances dans l'Église catholique. C'est très simple : y en a pas.

— Je lui ai dit la même chose, mon père. Je lui ai dit : "J'aime pas tes sornettes." C'est pas la faute de sa femme, mon père. Elle est protestante. Elle connaît pas la sainte Église. Mais lui il m'a dit : "Je désire contrôler ma famille." Il m'a dit ça y a deux jours. À moi, son propre père.

— Je lui ai en effet dit quelque chose comme ça, j'ai reconnu. Mais je voulais simplement dire ceci, mon père : mes revenus...

— Vous voyez ? m'a interrompu papa. Bientôt quatre ans qu'ils sont mariés. Plein de temps pour deux gamins, un petit garçon et une petite fille. Mes petits-enfants. Sont-ils ici, mon père ? Montez donc à l'étage. Regardez dans toutes les chambres, sous les lits, dans les placards. Vous les trouverez pas. Le p'tit Nicky et la p'tite Philomène. Nicky, il aurait dans les trois ans aujourd'hui, il causerait à son grand-papa. La p'tite fille, elle marcherait. Vous les voyez dans les parages, mon père ? Sortez dans la cour ; cherchez dans le garage. Mais non, vous les trouverez pas, pour cette bonne raison qu'ils sont pas ici. Et tout est de sa faute *à lui* ! » L'index droit de papa, celui à l'ongle brisé, a jailli vers ma poitrine.

« Arrête ça, papa.

— J'arrêterai pas. Je veux savoir parce que je suis leur grand-papa : où est Nicky ? Où est Philomène ?

— Comment veux-tu que je sache où ils sont ? »

Joyce s'est approchée de papa pour s'asseoir à côté de lui. Elle lui a parlé doucement en tenant sa grosse patte rougeaude. « Il n'y a pas d'autre petit-enfant que celui que j'attends, papa Fante. Sincèrement. »

Ce n'était pas une bonne tactique avec lui, car il allait maintenant se vautrer dans la sentimentalité. Et comme de juste, il s'est mis à feindre une atroce douleur, son menton a trembloté, ses yeux se sont emplis de larmes. J'ai tenté de faire signe à Joyce. De fait, je n'avais pas voulu qu'elle fût enceinte tant que nous n'avions pas suffisamment d'argent. Et il était tout aussi vrai qu'elle avait désiré un enfant, même sans argent. Mais je n'y avais jamais pensé à cette époque comme à des entités humaines distinctes, ni donné le moindre prénom à ces bébés non conçus ; et maintenant, sur le visage de Joyce, je voyais l'ombre de la désillusion, le désespoir dû à la perte d'êtres chers, tirés du néant par la sentimentalité de papa.

« Je parle avec mon sang, a poursuivi papa. En voilà deux que je ne verrai jamais ; pourtant ils sont ici, quelque part, et leur grand-papa souffre, car il ne pourra jamais leur acheter de crème glacée. »

Il s'est mis à pleurer pour de bon. Il enfonçait ses grosses phalanges dans ses orbites. Il a bu encore une rasade à la bouteille, puis il s'est levé, en proie à des émotions diverses. Il s'essuyait la bouche, tirait sur son cigare, pleurait, savourait le vin, ravi de son rôle de grand-père désespéré, néanmoins bouleversé par la perte imaginaire de ses deux petits-enfants. Le père

John a enlacé ses épaules, puis l'a étreint avec une affection bourrue. Ils ont grommelé une sorte d'au revoir en italien, puis papa a gravi l'escalier en titubant pour cuver son vin dans sa chambre ; le menton relevé, le torse bombé, il a monté vaillamment, triomphalement, les marches.

Nous sommes restés quelques instants silencieux. Joyce tamponnait ses yeux avec un mouchoir.

« C'est le vin, j'ai expliqué. Le vin le rend très sentimental.

— Et vous ? » a demandé le prêtre.

J'ai haussé les épaules. « Je fais de mon mieux.

— Je me le demande... »

Il devait nous quitter. Papa l'avait attristé. Je l'ai aidé à enfiler son manteau de serge noire, puis Joyce et moi sommes sortis pour le raccompagner à sa voiture. Nous avons échangé une poignée de main.

« Faites attention à vos paroles avec votre père, il m'a averti. Il est très sensible.

— Je sais.

— Je veux que vous reveniez à la religion.

— Je vais essayer, mon père. »

Nous l'avons regardé s'éloigner, sa voiture a bifurqué dans Wilshire Boulevard ; en cette fin d'après-midi, le rugissement de la circulation évoquait un grand fleuve au printemps. Nous n'avons pas échangé un mot en retournant dans la maison. Elle est entrée dans la cuisine derrière moi, et j'ai sorti de la glace pour l'apéritif. Elle m'a regardé en silence préparer des martinis.

« Il te sert à quelque chose ? je lui ai demandé.

— Oui.

— Il ne sera jamais évêque. Ni même cardinal.

— Mais c'est un saint. Il est simple, honnête. Il ne doute jamais.

— Pour être simple…
— Il a la foi.
— Je me demande où il a été pêcher sa théologie. »
Elle a soupiré. « Oui, je sais… La théologie lui pose quelques problèmes. Il n'arrive pas à expliquer le corps mystique du Christ. Et puis à son insu, je crois qu'il est en fait calviniste : il croit à la prédestination. Toute la semaine dernière j'ai essayé de le remettre dans le droit chemin, mais il se rebiffe et refuse de comprendre. »
Béni soit le ventre qui porte mon fils !
Je l'ai embrassée et nous avons pris un martini. Elle sirotait son apéritif pensivement ; quelque chose la troublait. La nuit était presque tombée. Elle a emporté son verre dans le salon. Bientôt je l'y ai rejointe et l'ai cherchée dans les ombres de la pièce. Elle était assise immobile près de la fenêtre. Stupéfait, j'ai découvert qu'elle pleurait doucement.
« Qu'y a-t-il, chérie ?
— Ton père a raison à propos du petit garçon et de la petite fille. Oh ! pourquoi ne les avons-nous pas eus ? »

Au bout de deux semaines, papa a décidé de se mettre au travail. Ce n'était pas trop tôt. Nous ne supportions plus les planches grossières qui couvraient le trou du plancher de la cuisine. Des miasmes macabres filtraient à travers les fissures, tout le monde trébuchait sur l'obstacle. La femme de ménage s'est enfoncé une écharde dans la main et a refusé de nettoyer le plancher tant qu'il ne serait pas réparé. Des émanations diaboliques montaient de ce trou. Chaque matin la première personne qui entrait dans la cuisine était accueillie par la fuite éperdue de gros cafards marron et maladroits. Joyce a appelé les services d'hygiène de la ville, qui ont prescrit un traitement de la maison. Mais le DDT les a seulement secoués : ils se renversaient sur leurs gros dos pour agiter joyeusement leurs pattes. La nuit, on les entendait presque dans les fondations de la maison, qui se vautraient dans un abandon bestial.

D'habitude papa était le premier levé ; il préparait son petit déjeuner, mais faisait assez de café pour tout le monde. Il commençait toujours par engloutir un verre de vin rouge où flottait un œuf cru. Cette gourmandise raffinée évoquait un œil jaune mariné dans le vinaigre. Un matin Joyce l'a surpris en train d'ingurgiter cette mixture ; alors, pour la première et dernière fois de sa grossesse, elle a souffert de nausées. Papa gardait la coquille de son œuf pour le café. C'était censé en améliorer le goût. Nous expérimentions toutes sortes de recettes pour la préparation du café. Au fil des ans, Joyce et moi avions tout essayé, mais nous préférions la méthode du filtre. Chaque matin nous avions un petit rituel : moudre le café en grains, ajouter une pincée de sel, puis verser de l'eau très chaude, mais non bouillante. C'était une méthode infaillible. On obtenait chaque fois ce qu'on désirait : un bon café.

La méthode de papa consistait à jeter plusieurs poignées de café moulu dans une casserole d'eau, puis à cuire le tout. Il ajoutait aussi ses coquilles d'œuf et faisait bouillir la mixture afin d'obtenir une sorte de soupe de café. C'était un breuvage féroce, qui absorbait la crème fraîche presque sans changer de couleur. Quand on le remuait, la cuillère rencontrait des obstacles non identifiés, faisait remonter à la surface des matières suspectes, qui sombraient ensuite vers le fond de votre tasse. Du blanc d'œuf cuit flottait sous vos yeux, sans cesse vous recrachiez des fragments de coquille. Bref, une vraie saleté. Nous le sirotions pourtant comme le meilleur café du monde, une ou deux gorgées seulement, après quoi je buvais un bon café dans mon bureau. Mais ce n'était vraiment pas pratique pour Joyce. Elle adorait le café, et afin d'en prendre un digne de ce nom elle devait se précipiter à la cuisine avant papa.

Ce matin-là, papa avait donc mis ses vêtements de travail. C'est-à-dire les mêmes que les jours précédents, mais la cravate en moins. Personne n'aurait pu douter qu'il se préparait à agir. Son sac à outils était ouvert sur la véranda derrière la maison, un crayon trônait derrière son oreille, et il se tenait devant le trou bouché, mètre pliant en main. Il louchait vers le plancher à travers la fumée de son cigare et semblait plongé dans de profondes pensées. Nous lui adressions des sourires reconnaissants. Enfin il allait s'atteler à sa tâche.

Ce n'était pas le moment de parler ; chacun était conscient de la gravité de cet instant. Il avait préparé le café, dont le parfum brûlé imprégnait l'air. Joyce a sorti des tasses et des soucoupes, qu'elle a installées sans bruit. Papa a déplié son mètre pour effectuer de mystérieuses mesures. Il a retiré son cigare de sa bouche, mordu un bout de tabac, puis à voix haute mais pour lui-même il a dit : « Faudra du deux sur dix. » Après quoi il a replié son mètre. « Va falloir du deux sur dix.

— Tu parles des solives, papa ? » j'ai demandé.

Ma question a souillé la pureté de ses pensées. Il s'est lentement retourné.

« Est-ce que je t'ai jamais dit comment écrire une histoire ?

— Non, papa.

— Alors occupe-toi de tes oignons. »

Il est sorti pour fouiller dans son sac à outils, puis est revenu avec un marteau et un petit pied-de-biche. J'ai entendu les clous grincer quand il a arraché deux planches temporaires. Il s'est allongé sur le ventre, et sa tête a bientôt disparu dans le trou. Cet examen s'avérant insatisfaisant, il a retiré deux autres planches. Puis il s'est laissé glisser dans le sous-sol de la maison. Pendant trois ou quatre minutes il est resté invisible.

« Il connaît parfaitement son métier, j'ai chuchoté.

— Il semble très méticuleux. »

Quand il est remonté, des toiles d'araignées décoraient son chapeau et son cigare ; alors il s'est essuyé le visage en marmonnant :

« Deux sur douze. Me demande pourquoi ?

— Tu parles des solives, papa ? »

Il m'a regardé froidement.

« Tu veux descendre réparer le plancher pendant que j'écris tes histoires ?

— Je demandais seulement, papa. »

Il s'est détourné, le regard absent. « Deux sur dix aurait suffi. Faudra seulement relever les piles. Me demande pourquoi il a fait ça ?

— Fais quoi, papa ? »

Sans daigner me répondre, il s'est approché de la fenêtre et a regardé l'allée.

« Deux sur douze ! Bon Dieu, pourquoi pas des quatre sur quatre ? »

Il s'est penché sur la véranda, puis est revenu avec un marteau. Il a remis les planches sur le trou, et les a clouées. Puis il a rassemblé ses outils et les a fourrés dans son sac. Ensuite il a disparu dans la cour derrière la maison. Quand je suis allé au garage pour partir travailler, je l'ai trouvé assis sous le parasol. Il se frottait le menton et semblait profondément troublé.

« Tout va bien, papa ? »

Il a craché un morceau de cigare.

« Va écrire tes histoires, p'tit. »

Joyce m'a téléphoné en début d'après-midi.

« Nous avons une surprise pour toi. »

Mais je n'ai pas été surpris, car je savais comment mon père travaillait. Brusquement, dans la fièvre, il faisait ce qu'il fallait.

« La meilleure paire de mains de toute la Californie, j'ai répondu.

— C'est un génie. »

Non, ce n'était pas un génie ; il possédait cependant certaines qualités du génie, une sorte de dynamisme éblouissant qui explosait après de longues cogitations. Cinquante années dans le bâtiment avaient fait de lui le type le plus calé de la profession. En rentrant à la maison, je me suis rappelé son attitude pensive dans la cuisine, l'agacement provoqué par mes questions. J'étais beaucoup plus qu'inquiet. Les dégâts causés par les termites étaient-ils plus graves que je ne le pensais ? Maintenant il était clair que j'avais surestimé l'étendue des dégâts. Rapidement, habilement, avec une folle énergie, il avait terminé le travail, et la chaleur de la voix de Joyce me disait qu'elle était ravie du résultat. Une fois encore, j'ai ressenti cette émotion ressassée mais confortable qui englobait ma maison et mon père. Dieu merci, il vivait ! Et que Dieu lui accorde maintes autres années sur terre, que Dieu m'accorde la chance de lui témoigner gratitude et admiration. Telle était mon humeur en rentrant chez moi, quand j'ai fermé le garage à clef et que je me suis précipité dans la cuisine en entrant par la porte de derrière.

Le plancher n'était pas réparé. Les mêmes planches rugueuses couvraient le trou. Rien n'avait changé. Mais vers l'avant de la maison j'ai entendu des bruits sourds, le choc de l'acier qui écrasait le plâtre. Je les ai trouvés dans le salon, Joyce et papa. Ils démolissaient la cheminée. La poussière tourbillonnait autour des briques et du plâtre qui s'effondraient. Ils avaient l'air complètement fous. Joyce maniait un marteau, papa pesait sur un pied-de-biche pour attaquer les garnitures. Un foulard retenait les cheveux de Joyce, la poussière et la saleté maculaient son visage. Elle portait un pantalon de maternité en soie verte et un corsage jaune ; son visage brûlant rougissait sous l'effort. Papa travaillait méthodiquement, le cigare à la bouche ; son pied-de-biche descellait les briques qui tombaient par terre. Ils avaient écarté et couvert les meubles avec des housses. Une bâche protégeait le sol.

Alors Joyce m'a vu.

« Bonjour ! elle m'a lancé.

— Que se passe-t-il ?

— Nous construisons une nouvelle cheminée.

— Pourquoi ? »

J'ai regardé le désastre. Malgré sa rusticité, l'ancienne cheminée me convenait parfaitement. Je l'avais testée, elle tirait bien, aucune fumée n'envahissait le salon. Ce n'était certes pas une œuvre d'art, mais elle ne déparait pas le salon.

« Je n'ai rien à reprocher à cette cheminée. »

Joyce a épousseté ses vêtements. « Je l'ai toujours détestée. La première fois que je l'ai vue, je l'ai trouvée affreuse.

— Mais tu aurais dû m'en parler.

— Pourquoi ? Il fallait absolument le faire.

— Il ne fallait pas "absolument le faire".

— Fallait la démolir, a tranché papa.

— Et pourquoi donc ? »

Du menton, il a désigné la butte de Joyce, couverte de poussière. « Demande à mon petit-fils ici présent. Il veut pas d'une cheminée de Los Angeles. Il veut une cheminée construite par son grand-papa. »

Très excitée, Joyce babillait en me montrant les plans que papa avait exécutés sur une longue feuille de papier. Ç'allait être un âtre massif, haut de deux mètres, large de trois, bâti avec de minces pierres d'Arizona. Du mortier noir comblerait les interstices. Et une énorme dalle d'un seul tenant servirait de manteau. Selon les plans de papa, elle serait exactement deux fois plus grosse que la cheminée qu'ils étaient en train de démolir. C'était grandiose. La cheminée était digne d'un chalet suisse, d'un pavillon de chasse.

« Mais il faudra que tu démolisses aussi une partie du mur, j'ai dit.

— Laisse-moi faire », il a rétorqué.

Joyce s'est remise au travail.

« Ça va être formidable. Grand et de toute beauté. On aura chaud et on sera tellement bien.

— Impeccable, j'ai dit. Surtout quand la température tombera à moins vingt-cinq et que six mètres de neige paralyseront toute circulation dans Wilshire Boulevard.

— Pour mon petit-fils, a dit rêveusement papa. Elle durera mille ans. Rien au monde ne pourra jamais détruire cette cheminée. Elle durera plus longtemps que Los Angeles. »

J'ai imaginé la scène qui se passerait, non dans mille ans, mais dans dix ou quinze ans, quand on démolirait notre maison pour faire place à un parking ; les voitures entreraient et sortiraient, mais toujours contourneraient la cheminée indestructible de papa, car rien ni personne n'aurait jamais pu l'abattre.

« Papa, j'ai dit, quand vas-tu réparer ce trou dans le plancher de la cuisine ?

— C'est pas un boulot pour moi. Trouve un charpentier. »

J'étais contre ce projet. Il contenait des germes de folie. Suivirent des jours de tristesse. Alors les fournitures sont arrivées, elles s'entassaient sur la pelouse : quatre tonnes de pierre, une montagne de sable, une pile de briques, des sacs de ciment, du bois de charpente. Jours inquiets, de grands trous dans ma maison, une femme enceinte qui jouait les hottiers de maçon, et un vieillard possédé par le démon de la construction.

C'était le mortier qui la fascinait. Papa a construit une auge où le préparer : de la chaux, du ciment, du sable et un colorant noir. Elle était incapable d'y résister. Elle a acheté des gants de toile et un chapeau mexicain à larges bords. Toute la journée elle barattait le mortier, le gâchait, le pétrissait, le caressait, ajoutait de l'eau. On aurait dit un gamin jouant dans la boue. Le mortier éclaboussait ses chaussures, souillait son pantalon. Une femme enceinte ne devrait pas se mêler de mortier. Cette occupation n'est recommandée dans aucun ouvrage. Je lui ai conseillé de ne pas trop en faire. Elle a ricané. Elle a nié. Mais cette matière laissait des taches sur ses sandales, sur ses coudes, dans ses cheveux. Et malgré les gants de toile, elle a eu une ampoule sur un pouce.

« Je me suis brûlée contre le poêle », elle a menti.

Papa s'acquittait des tâches pénibles. Il mélangeait le mortier, le transportait dans des seaux jusqu'à la cheminée, l'étalait sur la planche à mortier. Il taillait les pierres, les entassait dans une brouette, puis les apportait au chantier. Il manipulait les briques. Mais elle était toujours là, avec ses lubies : les pierres qu'elle aimait, grosses ou petites, elle les transportait elle-même. C'était des jolies pierres, disait-elle, elle tenait à ce qu'on les voie. Mais elles étaient lourdes, et Joyce les tirait, les traînait en essayant de les soulever. Après quoi elle retournait à son mortier.

« Mettez-lui donc un peu d'eau, Miss Joyce. »

Elle ajoutait donc un peu d'eau, qu'elle touillait pour ramollir le tout. Ou bien elle s'asseyait pour le regarder travailler, et il réclamait des outils.

« Marteau. »

« Niveau. »

« Truelle. »

Un jour à midi je l'ai surprise en train de pelleter du sable dans l'auge à mortier. Elle n'a pas pu nier car elle était à trois mètres devant moi, la pelle à la main, la sueur aux tempes. Je lui ai arraché la pelle des mains.

« Cesse donc de faire l'imbécile. »

La tête haute, elle a filé dans la maison. Je l'ai suivie. Les bras croisés et le regard coupable, elle se tenait près de la cheminée.

« Continue ces bêtises et tu es bonne pour la fausse couche.

— Quelle fausse couche ? a demandé papa.

— Je ne veux pas qu'elle transporte des choses lourdes, ni qu'elle manie la pelle.

— Ça lui fait aucun mal.

— Je ne veux pas courir le risque.

— Ça lui fait aucun mal. Dans les Abruzzes, les femmes enceintes travaillent jusqu'à l'accouchement ; elles lavent les vêtements, nettoient la maison, cultivent la terre. C'est bon pour la mère. Ça fortifie les muscles. »

Elle s'est tournée vers lui.

« Il avait seulement besoin d'un peu de sable, papa. Juste une pelle ou deux.

— Une pelle ou deux, ça peut seulement lui faire du bien. »

Papa a observé sa bru d'un œil indulgent et ravi.

« Gentil petit garçon. Le garçon de grand-papa.

— Écoute, papa. C'est ma femme. Elle va se démolir la santé. Nous ne sommes pas en Italie. Elle n'a pas l'habitude.

— Et lui, c'est mon petit-fils. Et il sera rudement solide. »

Ils étaient donc ligués contre moi ; un mur nous séparait, une cheminée. Je suis allé voir Joyce aux heures calmes de la nuit, passant à pas de loup devant la porte de papa qui ronflait à tout rompre. Le droit canon rendait vitreux le regard de Joyce ; elle a sursauté en m'apercevant, puis s'est replongée dans son livre.

« Comment te sens-tu ?

— Très bien.

— Ce ne sera plus long maintenant. »

Silence.

« Je m'en moque désormais, j'ai dit. Garçon ou fille, les deux me conviennent. »

Silence.

« À partir de maintenant il faut que tu fasses très attention. »

Elle a mis son livre de côté, retiré ses lunettes de lecture, puis m'a regardé bizarrement.

« Si je meurs, tu ne pourras pas épouser ma sœur.

— Je ne veux pas épouser ta sœur.

— Elle est très séduisante. Mais tu ne pourras jamais la posséder. Jamais. À cause de la loi de l'Église.

— Mais ta sœur ne m'intéresse pas.
— Même si elle t'intéressait, tu ne pourrais strictement rien faire.
— Mais elle ne m'intéresse pas.
— C'est une excellente loi. Une loi très sage.
— Pourquoi crois-tu que tu vas mourir ?
— Je ne vais pas mourir. J'ai juste envisagé cette éventualité. »

Paroles sinistres. Couvait-elle la prémonition d'une tragédie ? Quelle activité des recoins les plus secrets de sa psyché la poussait donc à s'enticher de cette particularité du droit canon ? J'ai réfléchi soigneusement à la situation. Et j'ai pensé au Dr Stanley. Je l'aurais volontiers appelé si nous l'avions moins enquiquiné par le passé. Hélas ! nous avions trop souvent crié au loup. J'ai parcouru mentalement la liste de mes amies femmes à la recherche d'une mère susceptible de convaincre cette écervelée qu'elle ne devait ni soulever ni manier de choses lourdes. Mais je ne connaissais aucune mère. Je connaissais une kyrielle d'épouses, mais aucune mère.

Jours de honteuse duplicité. Car maintenant j'essayais de la prendre la main dans le sac. En rentrant du bureau, je remontais la rue par le nord au lieu de m'y engager par le sud, en espérant surprendre Joyce près de l'auge à mortier. Une fois je me suis même garé une rue plus loin pour ne pas l'avertir de mon retour. Ma femme n'était pas dans le jardin.

Un jour, je l'ai prise en flagrant délit. Cet après-midi-là, j'ai quitté les studios à deux heures, conduit ma voiture jusqu'à la rue parallèle à la nôtre, et je me suis garé au carrefour. J'ai effectué à pied le reste du chemin. Je l'ai vue de loin. Agenouillée à côté du tas de pierres, elle tenait entre ses petites mains une masse à manche court. Elle taillait une pierre destinée à la cheminée. Je me suis précipité vers elle en hurlant. Elle a lâché son outil, étouffé un cri au fond de sa gorge, puis a couru dans la maison. J'ai sauté la clôture et l'ai poursuivie. Elle n'était pas dans le salon. Papa travaillait près de la cheminée, la truelle à la main.

« Où est ma femme ? »

Il a haussé les épaules d'un air innocent.

J'ai monté l'escalier quatre à quatre. Elle s'était enfermée dans la salle de bains. J'entendais le chuintement de l'eau dans la douche. Je suis entré dans sa chambre. Tout était prêt pour l'événement le plus important de sa vie. Une semaine plus tôt elle avait préparé une valise en vue de son séjour à l'hôpital.

La valise était ouverte sur un petit guéridon ; j'ai examiné son contenu. Des peignes, une brosse, un face-à-main. Un réveil. Des chaussons. Un bloc de papier à lettre. Un stylo. Des chemises de nuit. Une robe de chambre. Une trousse de manucure. De l'eau de Cologne. Quelques foulards, des épingles à cheveux. Les innombrables menus objets nécessaires à une femme. Empilés dans un coin, j'ai aperçu les cadeaux qu'on lui avait offerts pour le bébé : des jouets, des biberons, des couvertures, des vêtements, une petite assiette en argent, une fourchette et une cuillère minuscule. À côté de la chambre de Joyce, derrière une vitre, se trouvait la nursery. Elle contenait un berceau, un chiffonnier, une voiture d'enfant, un cheval à bascule, une poupée. Tout était rose, rose pour les filles, des rideaux roses, des rubans roses.

Que ce soit donc une fille. Mais garçon ou fille, qu'il ait sa chance, qu'il vive ! Le moment était venu de remettre les pendules à l'heure. La porte de la salle de bains s'est ouverte, et Joyce est arrivée dans sa chambre. Elle m'a regardé sans surprise. Sa douche avait éliminé tout maquillage, ses lèvres étaient rouge passé, ses cheveux dégoulinaient comme un torchon détrempé.

« Eh bien ? elle a fait.

— J'aimerais te parler.

— Vraiment ? »

Elle a commencé de brosser ses cheveux.

« Je veux que tu cesses tes imbécillités. Tu ne porteras plus de pierres. Tu n'en tailleras plus.

— C'est tout ? »

J'ai eu envie de la secouer.

— J'ai pris une décision. Tu arrêtes ça, ou je quitte cette maison. »

Elle a souri en rejetant en arrière ses cheveux humides.

« Tu peux partir quand tu veux.

— C'est ta décision ?

— Oui, mon chéri. »

La tête basse, je suis sorti de sa chambre. Elle avait donc choisi. Tout était sa faute. Mais je ne suis pas parti. On ne peut pas les quitter dans cet état. Une grossesse exige un tact infini. Il ne faut pas non plus leur faire de scènes. On prend son mal en patience, mais on ne les quitte pas.

Deux nuits plus tard, Joyce a payé ses folies. Il était minuit dix quand elle est entrée dans ma chambre. Dès que j'ai aperçu son visage crayeux, ses yeux écarquillés, j'ai su que l'échéance approchait à grands pas. Le Dr Stanley avait prévu que le travail commencerait vers le 25. Nous étions le 12. Mais le Dr Stanley n'avait pas prévu les séances de gâchage de mortier et de taille des pierres.

Appuyée contre le chambranle de la porte, une main posée sur la butte, l'autre contre son front, elle a dit : « Je crois que le bébé arrive. »

J'ai bondi hors de mon lit. Elle a grincé des dents quand une crampe a noué ses muscles, puis elle a regardé sa montre en respirant profondément.

« Neuf minutes. Ça fait de plus en plus mal. »

Je l'ai ramenée dans sa chambre. La sueur perlait sur ses tempes, elle tremblait. Sa main, que je tenais, était brûlante, moite, fébrile. Nous avons regardé ensemble la montre. Dix minutes plus tard elle a eu une autre contraction. Qui a duré trente secondes. Joyce a serré les dents, crispé les poings. Je me suis rappelé les conseils des livres.

« Et la poche d'eau ?

— Appelle le Dr Stanley. Emmène-moi à l'hôpital. »

J'ai descendu l'escalier en courant et téléphoné au médecin. Une infirmière m'a répondu. Elle allait transmettre le message ; le médecin me rappellerait.

En haut, Joyce gisait sur le lit. J'ai appelé papa.

« Le bébé arrive. »

Il s'est réveillé aussitôt.

« Où ? » Il s'est assis dans son lit. « Le bébé ? » Il s'est levé. « Comment ? »

Il a émergé de l'obscurité en titubant. Il portait ses caleçons longs. Joyce gémissait. Papa a enfilé sa salopette. Je suis retourné dans la chambre. Joyce avait fermé les yeux.

« Où en est la poche d'eau ?

— Donne-moi une cigarette. »

Papa est entré en ajustant ses bretelles. D'un seul coup d'œil il a jaugé la situation.

« Toi. Va faire bouillir de l'eau en bas.

— Pourquoi ?

— Fais ce que je te dis. »

Je ne parvenais pas à bouger. Depuis ma plus tendre enfance je savais qu'en pareille situation on faisait bouillir de l'eau. Mais à quoi pouvait-elle bien servir ?

« Nous devons l'emmener à l'hôpital.

— Nom de Dieu, va faire bouillir de l'eau. »

Il m'a attrapé par la peau du cou et m'a éjecté de la chambre. En descendant, j'ai compris que c'était de la pure folie. L'hôpital était seulement à dix minutes en voiture. J'ai rempli la bouilloire, allumé le gaz, puis remonté l'escalier en courant. Assis sur le lit à côté de Joyce, papa lui tenait la main.

« Tu as appelé le Dr Stanley ?

— Son assistante le cherche.

— Appelle le père Gondalfo. Je veux être baptisée.

— De l'eau bouillante », a dit papa.

Le téléphone a sonné. Je me suis précipité en bas. J'ai reconnu la voix du Dr Stanley.

« Le bébé arrive, docteur.

— Ça me paraît un peu tôt. Le travail a-t-il commencé ?

— Elle souffre le martyre.

— Les contractions sont-elles régulières ? Les a-t-elle chronométrées ?

— Toutes les dix minutes. Elle souffre beaucoup.

— Vous feriez bien de la transporter ici.

— D'accord, docteur. »

Je suis remonté.

« Prépare-toi, chérie. Nous allons à l'hôpital.

— De l'eau bouillante ? a beuglé papa.

— Appelle le père Gondalfo, a gémi Joyce. Je veux être baptisée. »

En bas la bouilloire s'est mise à siffler, puis à hurler. J'ai téléphoné au père Gondalfo. Il m'a promis de nous retrouver à l'hôpital un quart d'heure plus tard. J'ai pris la bouilloire et je suis remonté. Joyce était dans sa chambre, assise sur le lit ; un manteau de fourrure était posé sur ses épaules, et elle avait des chaussons aux pieds. Papa m'a arraché la bouilloire des mains.

« Va chercher la voiture. Amène-la devant. »

Il a emporté la bouilloire à la salle de bains. Je l'ai suivi. Je tenais à voir ça.

« File, il a dit. La voiture. »

Mais je me suis incrusté. Je ne voulais pas qu'il expérimente les techniques des Abruzzes sur Joyce. Il a sorti une bouteille de cognac de l'armoire à pharmacie et en a versé une généreuse rasade dans un gobelet. Puis il a ajouté de l'eau brûlante et a levé le mélange à la lumière.

« Que vas-tu en faire ?

— À ton avis ? »

Alors il a descendu son grog cul sec. Ça l'a brûlé tout le long.

« Ha-a-a ! il a fait. Je me sens rudement mieux. File, toi. »

Je me suis précipité en bas, j'ai sorti la voiture de garage, puis l'ai amenée devant la maison. Ils m'attendaient sur le trottoir. Nous nous sommes installés tous les trois devant. Papa enlaçait les épaules de Joyce. Elle ne souffrait plus.

Pendant que nous roulions vers l'hôpital, elle n'a pas eu la moindre contraction. Aucun symptôme n'annonçait la paternité imminente, et j'avais l'impression écœurante de vivre une fausse alerte. Tout ça ressemblait davantage à de l'hystérie qu'à de la paternité ; ça paraissait fumeux, informe, telle une explosion inexpliquée. J'y participais pourtant, car on n'est jamais trop prudent. Mais maintenant je lisais comme de la précaution sur le visage de Joyce, de la retenue et du souci. Papa serrait un cigare non allumé entre ses lèvres.

« Tout ira bien », il a dit.

Ses paroles n'avaient aucune force, aucune honnêteté. Plus l'hôpital approchait, plus nous sentions sans le dire que notre démarche relevait simplement d'une erreur de calcul.

Alors j'ai craché le morceau. « Ce n'est peut-être pas encore pour tout de suite, ma chérie », j'ai hasardé.

Ça a arraché un hurlement horrifié à Joyce.

« Oh, je t'en prie ! elle s'est écriée. Je t'interdis de penser cela. Tu veux donc ma mort ! »

La main gauche de papa m'a tiré les cheveux.

« Laisse-la tranquille, espèce de crétin !

— Il me semblait seulement…

— Boucle-la. Après tout ce que tu as fait !

— Moi ? Mais j'ai rien fait. »

D'abord je n'ai pas compris ce qu'il voulait dire. Je l'ai regardé ; j'ai vu des yeux durs, exorbités de fureur. J'ai eu le sentiment de tomber en chute libre dans son esprit. Alors j'ai compris. Il remâchait toujours la fois où j'avais vendu sa bétonnière pour acheter une bicyclette. Ça s'était passé près de vingt ans auparavant, mais la vieille rancune tenace avait choisi ce moment pour revenir sur le tapis.

« Je t'en prie, papa. Ne remets pas *ça*. »

Le cigare tremblait avec son menton. La vieille amertume le rendait sans voix.

Joyce s'est mise à sangloter.

« Je suis tellement malheureuse. »

Papa a serré les épaules de sa bru.

« Après le bébé, vous viendrez vivre avec maman et moi, il a assuré. Loin de ce type. Il fait rien que des ennuis. J'aurais dû l'envoyer en maison de correction. »

Mes doigts ont serré le volant, je n'ai rien répondu. Nous sommes entrés dans l'allée circulaire qui précédait l'entrée principale de l'hôpital. Sur les marches du perron planait la grande silhouette du père Gondalfo. Il a ouvert la portière quand j'ai arrêté la voiture.

« Oh, mon père ! » a gémi Joyce.

Papa est descendu. Les deux hommes ont aidé Joyce. Ses yeux étaient pleins de larmes. Le prêtre a posé ses grosses pattes sur les épaules de ma femme pour la réconforter.

Elle pleurait doucement. Alors papa et le père Gondalfo se sont lancés dans un échange pétaradant de formules italiennes. Ils ont agité les bras, secoué la tête, froncé les sourcils, grommelé, ricané, souri, grogné, roulé les yeux, grimacé, puis se sont retournés et m'ont montré du doigt avant de sombrer dans un silence méditatif en se dévisageant avec une stupeur éplorée. Ensuite l'ecclésiastique colossal a passé la tête par la fenêtre de la voiture et m'a fusillé du regard.

« Vous, là. Garez la voiture. »

Pourquoi pas ? En un moment aussi solennel, c'était le devoir sacré d'un père que de garer sa voiture. Je suis entré dans le grand parking de l'hôpital, situé de l'autre côté de la rue. Quand je suis retourné vers les marches de l'hôpital, ils avaient disparu. Je me suis présenté à la réception. Ils avaient pris l'ascenseur et étaient déjà quelque part en haut. J'ai demandé à l'infirmière de la réception où ils étaient partis. Elle n'a pas voulu me le dire. Je devais d'abord remplir des formulaires, signer des papiers. Alors elle m'a ordonné de voir l'infirmière du douzième étage.

Là-haut, je n'ai pas rencontré plus de succès. Impossible de rien apprendre. Papa et le père Gondalfo avaient purement et simplement disparu. L'infirmière-chef m'a dit que le Dr Stanley était en train d'examiner Joyce. C'était une petite femme à forte poitrine, au visage rougeaud, aux bras musclés. Elle était trop occupée pour me parler. Des piles de papiers et des registres s'entassaient sur son bureau.

« Dans quelle pièce est-elle ? je lui ai demandé.

— Vous pouvez pas la voir.

— Mais je suis son mari.

— Je croyais que c'était le vieux, son mari.

— C'est le mari de ma mère. Mon père, quoi. »

Elle est retournée à ses papiers. D'autres infirmières allaient et venaient. Je restais là, en essayant de ne pas les gêner. Le téléphone sonnait sans arrêt. Un interne a informé l'infirmière-chef que le 1231 voulait un jus d'orange. Elle a ricané et répondu : « Pas de jus d'orange. » Au-dessus d'elle, sur le mur opposé, j'ai découvert une série d'ampoules derrière une plaque de verre. Un numéro clignotait sans cesse. 1214, une lumière rouge. L'ampoule s'allumait et s'éteignait avec frénésie. Mais personne n'y faisait attention, ni les infirmières ni les internes.

« Ma femme est-elle au 1214 ?

— Non. »

D'un signe de tête j'ai montré le cadre.

« Quelqu'un réclame quelque chose au 1214.

— Jeune homme, allez donc vous asseoir au 1245. »

J'ai cherché partout le 1245. J'ai pris un couloir, puis un autre. En vain. Les numéros des chambres commençaient par se suivre, puis il y avait une série de portes sans numéro. J'ai ouvert une porte sans numéro, une femme s'est dressée dans son lit en hurlant : « Fichez-moi le camp ! » J'ai réussi à retrouver mon chemin jusqu'au bureau de l'infirmière-chef.

« Excusez-moi, je ne trouve pas le 1245. »

Elle a déploré l'étendue de ma bêtise, car le 1245 était juste ici, à côté de son bureau. Elle ne m'a pas adressé un mot ; simplement son regard s'est dirigé vers la porte avant de revenir se poser sur moi. Je l'ai remerciée. Elle n'a rien fait pour cacher son mépris.

Papa et le père Gondalfo étaient assis au 1245. Quand je suis entré, ils se sont figés. Papa m'a ensuite tourné le dos. Le père Gondalfo a attendu que je m'assoie dans un des fauteuils en cuir.

« Un homme et sa femme rencontrent de nombreux problèmes, il a commencé. La situation devient parfois insupportable, le couple perd alors son sang-froid. Perdre son sang-froid est très humain.

— Où est-elle ? je l'ai interrompu. Que lui a-t-on fait ?

— Maintenant il veut savoir, a ricané papa. Après tout ce qu'il a fait. »

Le père Gondalfo a levé la main pour réclamer le silence. Papa l'a ignoré.

« J'ai vu ce gosse la poursuivre à l'étage. Elle a été obligée de s'enfermer dans les toilettes. C'est là que c'est arrivé, quand elle a dû monter l'escalier à toute vitesse.

— Pas de conclusions hâtives, a temporisé le prêtre. Attendons d'entendre le diagnostic du médecin.

— J'espère que mon petit fils se porte bien, a maugréé papa. Je le tuerai s'il lui est arrivé quoi que ce soit. »

Il m'a écœuré.

« Oh, la ferme ! papa. »

Il a adressé un regard suppliant au prêtre. Enfin il était justifié. Enfin j'avais prouvé mon indignité. Sa salopette et ses chaussures éculées ne plaidaient certes pas en ma faveur.

Alors Joyce est entrée avec le Dr Stanley. Elle était calme, comme dégrisée, plus enceinte que jamais.

« Enveloppez-la bien et ramenez-la à la maison, a dit le médecin en souriant.

— Tout va bien ? a demandé papa.

— Pas de problème. Revenez dans une semaine environ.

— J'ai tellement honte, a dit Joyce.

— Ça arrive tout le temps. Ce n'est pas grave.

— Pas de réaction de la poche d'eau, j'ai dit. Ça m'a mis la puce à l'oreille.

— Toi et ta poche d'eau », m'a répondu aimablement Joyce.

Elle avait changé, elle semblait calmée, presque gênée. Elle voulait sortir d'ici. Le médecin nous a accompagnés jusqu'aux ascenseurs. Joyce serrait sa fourrure autour d'elle en cachant son visage dans son col. Il n'y avait pas grand-chose à dire. Nous quittions l'hôpital sans bébé, les mains vides. Le gros prêtre nous dominait de toute sa taille. Nous attendions l'ascenseur dans le plus grand silence. Papa ressemblait à un vagabond. Je me suis dissimulé derrière une colonne pour échapper au regard cynique des infirmières. Je partageais l'embarras de Joyce. J'avais le sentiment de revenir sans arrêt vers cet hôpital afin de harceler notre médecin. Nous l'avions probablement tiré d'un profond sommeil. Il n'avait fait venir au monde aucun nouveau-né. Et maintenant nous rentrions bredouilles. Tout ce processus semblait sans fin, voué à se répéter éternellement. La semaine suivante, nous allions remettre ça.

L'ascenseur est arrivé, nous sommes montés : une femme enceinte, son mari, son beau-père et son directeur de conscience. Avec le vieillard qui faisait office de groom, nous étions cinq. C'était un immense ascenseur, aussi grand qu'une salle de bal. Trente personnes auraient pu y monter sans se gêner, mais quand une fois encore j'ai dit au revoir au médecin souriant, je me suis senti étouffer dans un espace exigu. Le monticule caché sous le manteau de fourrure paraissait remplir tout l'ascenseur. Coincés les uns contre les autres, écrasés en un compact magma humain, nous sommes descendus dans un silence lugubre. Seulement à la porte de l'hôpital j'ai senti revenir une vague liberté.

Alors Joyce a dit : « J'ai oublié ma valise. »

Tous m'ont regardé.

Pourquoi pas ? Personne d'autre n'aurait pu le faire.

J'ai repris l'ascenseur jusqu'au douzième étage. La valise était posée à côté du bureau de l'infirmière-chef. Je l'ai prise.

« Attendez une seconde.

— C'est la valise de ma femme. Elle repart. Elle l'a oubliée.

— Votre nom ? »

Je le lui ai dit.

« Ça, c'est le nom du vieux.

— C'est mon père.

— Vous êtes le mari ?

— Oui. »

Silence.

« Je peux prendre cette valise ?

— C'est la vôtre, non ? »

Je suis redescendu au rez-de-chaussée. Ils m'attendaient dehors sur les marches.

« Va chercher la voiture », a fait papa.

J'ai été chercher la voiture. Papa et Joyce se sont installés devant. Le père Gondalfo était venu avec la voiture de la paroisse. Nous l'avons remercié du dérangement.

« C'est la volonté divine, il a dit à Joyce. Tout est pour le mieux. Maintenant vous avez le temps d'achever votre éducation chrétienne. »

Nous nous sommes dit au revoir. Il s'est éloigné vers le parking, le gravillon crissait sous ses semelles. J'ai démarré. Joyce restait immobile sur le siège, pleine de tristesse et d'une sagesse nouvelle. Je me suis penché vers elle pour l'embrasser.

« Comment te sens-tu ?

— Très lasse. Et très bête. »

Papa a poussé un gros soupir.

« Faut beaucoup de temps pour faire un fils », il a dit.

La paix dans ma maison, le calme, une époque de grand calme. Une fois encore, Joyce est devenue une autre femme. Elle s'est muée en un personnage de fable, de roman, en l'héroïne d'un récit de maternité. Finis, le gâchage du mortier et la taille de la pierre. Je ne l'avais jamais vue aussi belle. Elle marchait sur un nuage, imprégnait désormais l'air d'un parfum différent. Chaque matin, elle assistait à la première messe. Chaque après-midi, elle se rendait au presbytère pour l'instruction religieuse. Le père Gondalfo accélérait un peu les choses, mais sur sa demande à elle. Le soir, je l'accompagnais à l'église. Elle récitait le rosaire, suivait les stations du chemin de croix, ou simplement restait assise, les mains croisées sur la butte.

Ç'a été pour moi une étrange période. Je m'asseyais à côté d'elle, incapable de prier ou de formuler un sentiment quelconque à propos du Christ. Pourtant, tout remontait, les vieux souvenirs de mon adolescence, quand ce lieu frais et mélancolique signifiait tant de choses. Joyce avait toujours cru que je rejoindrais avec elle le giron de l'Église. Cela lui paraissait évident. J'allais retrouver l'ancienne ferveur, tendre de nouveau les doigts de mon âme vers le ciel pour saisir l'immense et subtile joie de la foi. Elle me semblait toujours là, il me suffisait sans doute d'avancer vers elle en cédant au désir murmurant, et elle m'envelopperait dans le vaste réconfort du sein divin. Il y avait l'odeur de l'encens, le craquement des bancs, le jeu de la lumière dans les vitraux, le contact frais de l'eau bénite, le rire des petits cierges, le prodigieux retour vers l'Antiquité, la sensation éblouissante que des millions d'êtres m'avaient précédé sur terre, et que des millions me suivraient tout au long d'innombrables lendemains. Telles étaient mes pensées tandis que j'étais assis à côté de ma femme. Cela, et la découverte progressive de mon erreur, car il n'était pas facile de retourner vers son Église ; certes, celle-ci était toujours disponible, inchangée, mais c'était moi qui avais changé. Le passage des ans m'avait recouvert d'une montagne de sable. S'en extirper n'était pas une mince affaire. Pousser un maigre cri et se sentir entendu n'était guère plus facile. Assis à côté d'elle, j'ai compris que tout cela serait très difficile. Non, j'ai compris que ce serait presque impossible.

Assis à côté d'elle, j'éprouvais la sensation délicieuse de penser différemment. Car dans l'enceinte sacrée on ne pouvait penser comme au-dehors. Au-delà des lourdes portes de chêne, c'étaient impôts et assurances, plans de coupe et fondus au noir, on méditait les mérites respectifs du manhattan et du martini, on soupçonnait son agent de duplicité, ses amis de fourberie, ses voisins de stupidité. Mais là, j'étais assis à côté d'elle devant l'autel, je voyais ses petites mains exquises gantées de vert, j'adorais la beauté de son effort, la persévérance de son cœur, la force indomptable qui la poussait vers le bien, vers l'humilité et la reconnaissance devant Dieu. Assis à côté d'elle, les lèvres desséchées par mon mutisme, moi, le phraseur, l'illettré fabricant de mots, je tournais l'une après l'autre les pages vierges de mon âme en cherchant un vers, quelques paroles éparses pour dire qu'en ce lieu je ne pensais pas aux impôts ni aux assurances, et que mon agent, mon voisin, mon ami perdaient d'une certaine manière toute substance et devenaient l'objet d'une beauté spirituelle ; ils étaient des entités et non des êtres, des âmes et non des salauds.

Pourtant, malgré tout cela, je n'étais pas prêt. Né catholique, je ne pouvais redevenir catholique. Peut-être attendais-je trop ; le frisson joyeux de la reconnaissance, la splendeur éblouissante de la foi retrouvée. Je ne parvenais pas à retourner dans le giron de l'Église. Devant moi la route s'étendait, les panneaux indiquaient clairement à l'âme la direction de la paix. Mais je ne pouvais m'engager sur cette route. Je ne pouvais croire à solution aussi facile. J'étais certain que la première colline dissimulait une myriade d'embûches.

Quatre jours avant la naissance du bébé, Joyce est entrée dans le sein de l'Église. Elle a été baptisée Joyce Élisabeth. La cérémonie a eu lieu le soir, aux fonts baptismaux de l'église Saint-Boniface. Sa marraine était notre voisine, Mme Sandoval, une grande femme placide d'une soixantaine d'années. Le père Gondalfo l'avait choisie parce qu'elle habitait tout près de chez nous et que nous ne connaissions aucun catholique en ville.

Le bonheur de Joyce était presque terrifiant. Comme le père Gondalfo lisait le rituel, d'abord en latin puis en anglais, les larmes coulaient abondamment sur les joues de ma femme, avant d'exploser contre sa butte. Son bonheur était du type fracassant, au point qu'elle en éprouvait presque de la douleur.

Debout avec mon père à bonne distance, je regardais la scène et j'écoutais ses sanglots se répercuter dans l'église vide comme un battement d'ailes.

Nous étions tous très émus. Papa se tapotait les joues avec un grand foulard bleu. Mme Sandoval souriait vaillamment et pleurait sans honte. La cérémonie était longue, car le prêtre donnait à Joyce le baptême absolu. Celui-ci la purifiait non seulement du péché originel, mais aussi de tous les péchés de sa vie. Elle a pleuré sans discontinuer, jusqu'à ce que le père Gondalfo aussi se mette à sangloter ; quand il a interrompu la cérémonie pour prendre un mouchoir dans sa soutane, ses yeux étaient embués de larmes.

« Nous ne devrions pas pleurer, il a murmuré. C'est un jour de joie. »

Cette simple remarque a provoqué une nouvelle crise de larmes chez Joyce. Papa et moi l'avons guidée vers un banc, elle est lourdement tombée à genoux, son visage couvert de mascara, de larmes, de maquillage.

« Je suis désolée, elle a hoqueté. Je suis tellement désolée, mais c'est plus fort que moi. Je suis si heureuse.

— Ton visage est un vrai bourbier », je lui ai dit.

Aussitôt elle a cessé de pleurer. Elle a ouvert son sac à main pour se faire une beauté. Ensuite, sans un mot, elle est retournée vers les fonts baptismaux, et la cérémonie a repris. Calmement, yeux baissés et doigts croisés sur la butte, elle a vécu la purification de l'âme. Puis ç'a été terminé. C'était fini pour Joyce, mais pas pour moi.

Nous nous sommes retrouvés devant l'église. Mme Sandoval avait un cadeau de baptême pour Joyce – une médaille de saint Christophe en argent. Joyce était enchantée de sa marraine. Elles ont marché bras dessus bras dessous jusqu'à la voiture de Mme Sandoval. Puis nous avons agité la main quand la vieille dame est partie.

Alors le moment que je redoutais est arrivé. J'ai regardé ma femme. Il y avait des étoiles dans ses cheveux ; des étoiles dans ses yeux si récemment noyés de larmes, des étoiles qui brillaient maintenant de bonheur. Il semblait absurde que sa conversion la métamorphosât de la sorte, mais c'était pourtant le cas. Elle n'était plus l'ancienne Joyce. Elle n'était même plus la Joyce d'une heure plus tôt. L'alchimie de cette transmutation demeurait un mystère, mais je la sentais, je la voyais, je la constatais. Je découvrais une nouvelle maturité, une sorte de féminité inédite et sans rapport aucun avec sa grossesse ; une tradition, une identification à l'Église, au grand respect du dogme catholique pour les femmes, une élévation de Joyce vers ce que, enfant, je ressentais pour la Vierge Marie. Nous nous sommes regardés, et elle a compris que j'avais senti ce changement, ce grand bouleversement de sa personnalité. Nous nous sommes regardés, et chacun a su que cette soirée était à marquer d'une pierre blanche, que notre existence commune était terriblement importante, terriblement sérieuse. Mais ç'a aussi été un moment de tristesse, car j'aimais l'absurdité de la vie, ses futilités, ses sottises, et tout cela était désormais derrière nous.

La grosse patte du père Gondalfo, son bras puissant se sont abattus sur mes épaules. « Alors ? Z'êtes prêt ? »

Il voulait dire : Êtes-vous prêt pour la confession ?

Je voulais répondre : Non, mon père.

J'ai dit : « Oui, mon père.

— Bien. Demain vous pourrez recevoir la sainte communion ensemble. La messe sera célébrée pour vous. Et ensuite, je vous unirai devant le grand autel.

— C'est parfait, mon père. »

Nous sommes retournés dans l'église. Le prêtre s'est agenouillé, puis a descendu une travée jusqu'à l'un des trois confessionnaux. De lourdes tentures mauves masquaient chaque entrée. Le père Gondalfo a disparu dans le confessionnal du milieu. Il a allumé une lumière. Joyce, papa et moi avons descendu la nef pour nous installer sur un banc juste en face du confessionnal.

Je me suis agenouillé pour faire mon examen de conscience. Ainsi donc, après quinze années passées loin de l'Église, j'allais de nouveau me confesser. Quels péchés avais-je donc commis en une décade et demie ? La tâche qui m'attendait était énorme. Elle était même si écrasante que je ne pouvais pas la prendre au sérieux. Pire encore, je n'éprouvais aucune contrition. Je ne regrettais rien. Le bien et le mal, je m'étais délecté des deux. L'absolution de ce prêtre semblait absurde. Je ne pouvais pas, je ne voulais pas entrer dans ce confessionnal. Jadis, mon sang se ruait dans mes veines à l'approche de l'absolution. Je tombais joyeusement à genoux pour dévider l'écheveau de mes péchés, puis j'en étais lavé et je m'éloignais la tête haute, avec la sensation grisante de porter un cœur tout neuf. J'ai sondé le passé, mais n'ai rien trouvé.

Un quart d'heure s'est écoulé, puis une demi-heure. Le prêtre attendait patiemment. Cette lutte avec ma conscience m'a épuisé. Comment confesser un acte ou une pensée que l'on ne regrette pas ? Tristement, je me suis assis près de papa et de Joyce.

« Je n'y arrive pas », j'ai chuchoté.

Papa a semblé stupéfait.

« Essaie encore, s'il te plaît, m'a dit Joyce en souriant.

— Je ne peux pas. C'est de l'hypocrisie. »

Papa s'est entretenu brièvement avec Joyce.

« Qu'est-ce qui ne va pas ?

— Il ne veut pas y aller, a murmuré Joyce.

— Faut qu'il y aille. » Sa voix a résonné dans l'église.

J'ai secoué la tête.

« J'peux pas, papa.

— Entre là-dedans !

— Je te dis que j'peux pas.

— T'as été un mauvais garnement. Vas-y ! Entre là-dedans ! »

Il m'a saisi par la nuque et a tenté de me pousser vers le confessionnal. Mais je m'accrochais au banc et résistais farouchement. Son visage s'est empourpré sous l'effort. Soudain il s'est levé pour se diriger à pas rapides vers le confessionnal. Bouche bée, nous l'avons suivi des yeux. Il s'est retourné pour nous lancer un regard désespéré. Puis il est entré dans le confessionnal.

J'ai ensuite appris que c'était sa première confession depuis cinquante-cinq ans. Il ne m'a jamais clairement expliqué ce qui l'avait décidé. En tout cas il n'avait absolument pas prévu de se confesser. Mais à sa manière, il avait fait cela pour moi, et pour son petit-fils, parce qu'il fallait le faire.

Sa confession a davantage ressemblé à une dispute. Elle s'est passée en italien – une discussion tumultueuse, indistincte et intense. Dès que le père Gondalfo prenait la parole, papa lui répondait du tac au tac. À son tour, le prêtre haussait le ton. Ils parlaient aussi avec leurs mains, car on voyait les tentures mauves s'agiter. Finalement la voix du confesseur l'a emporté. Papa ne proférait plus la moindre parole. Le prêtre s'est mis à parler doucement, avec persuasion, en un murmure apaisant.

Quand ils ont émergé du confessionnal, les deux hommes étaient épuisés, en sueur. Papa s'est laissé tomber à genoux sur le banc le plus proche. Avec un sourire, le père Gondalfo a tapoté son épaule. Papa a pris son visage entre ses mains pour chasser toute distraction pendant qu'il récitait ses prières de pénitence. Le prêtre m'a lancé un regard peu amène. Je me suis levé et suis sorti. Il m'attendait sur les marches.

« Et alors ?

— J'ai pas pu.

— Aimeriez-vous un autre confesseur ? Le père Shaw par exemple. Ça vous aiderait ?

— Je ne crois pas.

— Je suis très déçu. Vous savez, naturellement, ce que ça signifie ? »

Je le savais : cela signifiait que je n'étais pas en état de grâce, que je ne pourrais pas communier avec Joyce le lendemain matin, que je ne pourrais pas recevoir les saints sacrements – et le mariage était un saint sacrement.

« Je suis désolé, mon père. Je vais encore essayer. »

Il s'est tourné vers Joyce et papa, qui sortaient de l'église. Nous nous sommes souhaité une bonne nuit. Papa a refusé de me regarder. Nous avons marché jusqu'à la voiture. J'ai saisi la main de Joyce.

« Je te fais honte, n'est-ce pas ?

— Je suis déçue, bien sûr.

— Laisse-moi un peu de temps. J'y arriverai bien un jour.

— C'est justement ça que je ne comprends pas. Si tu comptes revenir un jour à la religion, pourquoi pas tout de suite !

— Je ne sais pas.

— Moi non plus.

— Je vais marcher un peu », a dit papa.

Nous l'avons regardé s'éloigner vers le carrefour. Il marchait d'un pas vif et allègre. Il s'est arrêté sous un lampadaire pour allumer un cigare. La fumée a dérivé vers nous, odorante dans l'air nocturne. Nous n'avons pas échangé un mot tandis que nous roulions vers la maison. J'ai fermé le garage à clef, puis nous sommes entrés. Nous avons monté l'escalier en silence. J'ai hésité devant ma porte en espérant qu'elle me parlerait. Mais elle est entrée dans sa chambre sans se retourner. J'ai enlevé ma veste et me suis jeté sur mon lit. Je ne ressentais aucune douleur, aucun remords. Cette incapacité à déceler le moindre frémissement de regret m'a exaspéré. Ça m'a laissé ulcéré, profondément malheureux.

Alors elle est apparue sur le seuil de ma chambre, un livre à la main. Le ballon blanc semblait flotter sous sa chemise de nuit. Elle a baissé les yeux vers moi en souriant.

« J'aimerais te lire quelque chose », elle a dit.

Et elle a lu :

« Ô père, ô mère, ô femme, ô frère, ô ami, j'ai vécu jusqu'ici parmi vous en respectant les conventions. Maintenant je possède la vérité. Sachez donc qu'à partir d'aujourd'hui je ne suivrai plus d'autre loi sinon la loi éternelle… Je fais appel à vos coutumes. Je dois être moi-même. Je ne me contraindrai plus pour vous. Si vous pouvez m'aimer pour ce que je suis, alors nous serons très heureux. Mais si vous ne le pouvez pas, je m'efforcerai de mériter que vous le soyez. Je ne cacherai ni mes goûts ni mes aversions.

— Emerson, j'ai dit. Oh, l'excellent homme ! »

Elle s'est penchée pour m'embrasser.

« Bonne nuit », elle a chuchoté.

Béni soit le ventre qui porte mon fils !

J'ai pleuré de bonheur.

Le soir où c'est arrivé, nous jouions aux échecs. Nous attendions le dénouement à tout moment, nos vies s'étaient figées en prévision de la venue de l'enfant, et cette nuit devait être la bonne. Papa avait terminé la cheminée. Il avait travaillé d'arrache-pied, car il tenait absolument à achever son œuvre pour le nouveau Fante, comme un cadeau enveloppé et noué de rubans roses. Toute la maison semblait plongée dans l'attente. Le bébé n'allait pas tarder à nous rejoindre, et une sorte de solitude nous étreignait parce qu'il n'était pas encore là. Le dur labeur de la journée avait épuisé papa, qui était monté se coucher.

« Réveillez-moi s'il se passe quelque chose », nous avait-il dit.

À dix heures, nous étions donc assis de part et d'autre de l'échiquier, et c'était à moi de jouer.

« Ta reine est en danger », m'a prévenu Joyce.

J'ai interposé un fou pour sauver ma reine. C'était maintenant à elle de jouer. D'habitude Joyce jouait vite, mais cette fois elle a réfléchi longtemps ; trop longtemps à mon gré, si bien que j'ai levé les yeux vers son visage en me demandant ce qui la retardait ainsi.

« À toi de jouer. »

Mais elle n'écoutait pas. Ses yeux plongeaient dans les miens, son visage était rouge, son souffle court ; alors j'ai compris qu'elle se concentrait sur une étrange activité qui avait lieu en elle.

« Quelque chose a claqué, elle a murmuré.

— Claqué ? Comment ça, claqué ? Je n'ai pas entendu le moindre claquement.

— Je ne sais pas. Mais moi je l'ai entendu. »

Nous avons écouté. Alors elle a porté la main à sa bouche.

« Oh, mon Dieu ! C'est la poche des eaux.

— Allons à l'hôpital ! »

Elle a hésité avant de se lever.

« S'il te plaît, elle a souri. Ne regarde pas. Cache-toi les yeux. »

Je me suis caché les yeux pendant qu'elle se levait et traversait la pièce. Je l'ai entendue monter péniblement l'escalier, hors d'haleine, en gémissant « Oh, Seigneur… Oh, mon Dieu… Oh, là, là… » Quand j'ai senti que je ne pouvais plus la voir, j'ai appelé le médecin. À l'étage, j'ai entendu Joyce dans sa chambre, ses talons qui claquaient contre le plancher. J'ai monté les marches quatre à quatre. Assise sur son lit, elle lisait un livre intitulé *Lorsque l'enfant paraît.*

« Nous devons y aller. J'ai appelé le médecin.

— Je veux être sûre, cette fois. Absolument !

— Mais ça y est. C'est pour de bon !

— Écoute. » Elle a lu : « Au début du travail, les douleurs commencent généralement dans le bas du dos. Vous sentez comme un léger pincement ou lumbago qui devient de plus en plus violent jusqu'à atteindre un paroxysme de quelques secondes, après quoi la douleur diminue graduellement… »

La description qu'elle venait de lire s'est alors concrétisée brusquement sous mes yeux. Joyce a lâché son livre, elle est restée assise, parfaitement immobile, les yeux baissés vers le monticule. Ses mains le touchaient, le caressaient

« Contractions de l'utérus, elle a dit. Page 158. Lis. »

J'ai ramassé le livre par terre, mais j'avais trop de mains, trop de doigts. Je n'ai même pas réussi à tenir le livre. Il est tombé. La douleur est devenue plus forte, puis a reflué. Elle a émis une sorte de sifflement.

« Je suis prête. »

Cette fois ça n'a pas posé de problème. Nous avions longuement répété les diverses phases de l'opération. Nous sommes sortis dans le couloir en silence, avons tendu l'oreille vers les ronflements sonores de papa avant de descendre l'escalier. Sans nous être concertés, nous comprenions qu'il valait mieux ne pas le réveiller. Sous le faux oranger de la cour, elle s'est arrêtée pour m'enlacer.

« Tu as été merveilleux, elle a dit. Je ne me plaindrai plus jamais.

— Allons-y, ma chérie.

— Nous avons le temps. Je veux que tu saches que je me suis très mal conduite pendant neuf mois. J'ai été complètement idiote. Vraiment, ce n'est rien du tout d'avoir un enfant. C'est très facile.

— Tu ne l'as pas encore, ma chérie. En route. »

Je l'ai entraînée vers le garage. Elle est montée dans la voiture et s'est assise loin de moi, contre la portière. Elle a fouillé dans son sac à la recherche de son paquet de cigarettes. Puis elle m'en a offert une.

« Veux-tu que je te l'allume ? elle m'a demandé.

— Volontiers.

— Certains hommes préfèrent l'allumer eux-mêmes. »

Cette remarque m'a paru curieuse, mais je ne l'ai pas relevée. Je roulais doucement, car nous étions désormais de vieux routiers de l'accouchement. Aucune raison de se presser. La nuit était tiède ; dans Normandie j'ai respiré le parfum des gros magnolias blancs. À un stop, elle a eu une autre contraction, plus violente. Je l'ai regardée serrer la poignée de la portière et résister.

« Bon Dieu », j'ai dit.

La sueur perlait à son front. La douleur lui faisait montrer le blanc des yeux. Son ventre énorme semblait la plaquer dans son coin. On aurait dit une grosse ruche d'abeilles agitée de spasmes douloureux. À la fin de la contraction elle a émis un doux soupir de soulagement.

« C'est rien, elle a dit. Bien sûr, ça fait un peu mal, mais ça n'a rien à voir avec ce que m'a dit ma mère.

— Nous serons arrivés dans cinq minutes.

— Je suis si contente. Tu vas être débarrassé de moi. Je déteste être un fardeau pour toi.

— Tu n'es pas un fardeau.

— Mais si ! Toute ma vie, j'ai été un fardeau. C'est le sort des femmes. Nous ne sommes pas très gentilles, non, franchement.

— Arrête de dire des bêtises.

— Ce ne sont pas des bêtises. Regarde-moi. Je suis un ruminant, voilà ce que je suis. Grotesque et inintéressante. Qui aurait donc l'idée saugrenue de m'aimer ? Surtout, ne viens pas me raconter que tu m'aimes. Je sais bien que tu ne le peux pas. Je ne mérite pas ton amour. Comme tu as été bon ! Quelle patience ! Je te remercie du fond du cœur. Pardonne-moi pour tout. »

Elle a fondu en larmes ; son visage crispé était trop rond pour arrêter ses larmes qui tombaient sur sa robe. Une autre vague de douleur s'est abattue sur elle ; elle a serré les dents et les poings.

« Je ne suis pas très courageuse, elle a hoqueté. Mais je ne veux pas être courageuse. J'aimerais tellement me terrer dans un trou quelque part, hors de ta vue, et souffrir, souffrir encore, parce que je ne te mérite pas. Je suis heureuse de souffrir. J'ai été stupide. Je le mérite. »

Elle m'a rendu très malheureux. Elle était assise, jambes écartées, le visage semblable à un ballon de basket strié de larmes, le ventre agité de soubresauts ; l'espace d'un instant, j'ai oublié qu'il s'agissait seulement d'un état temporaire, son désespoir s'est infiltré en moi et j'ai pensé que j'avais vraiment été bien bête de m'enchaîner jusqu'à ma mort à cette masse tremblotante de chair flasque et gargouillante. Ma vision s'est brouillée, je m'apitoyais sur mon propre sort, fasciné par mon courage et mon indéfectible loyauté. Comme elle avait raison ! De quelle noblesse de cœur, de quelle endurance n'avais-je pas fait preuve ! Le destin voulait qu'elle souffre, le destin voulait qu'elle fasse l'expérience de la douleur pour expier toutes les avanies qu'elle m'avait fait subir pendant sa grossesse. Quelle intuition elle manifestait maintenant, à l'heure de son expiation ! Quelle subtilité dans sa perception du juste châtiment. Grâce à Dieu, elle comprenait enfin la perversité de toutes ses actions passées !

Quand nous avons atteint l'hôpital, j'ai suivi l'allée incurvée qui aboutissait à l'auvent de pierre sous lequel les ambulances débarquaient les urgences. Elle est restée dans la voiture pendant que j'entrais. À la réception, j'ai rempli les formulaires destinés à dégager la responsabilité de l'hôpital au cas où il arriverait malheur à ma femme, tandis que l'employée téléphonait pour réclamer des infirmières et un fauteuil roulant. Quand je suis retourné à la voiture, deux infirmières avaient déjà installé Joyce dans un fauteuil roulant et enveloppé des couvertures autour de son corps. Je les ai regardées l'emmener vers l'ascenseur. Puis j'ai garé la voiture et suis retourné vers l'hôpital avec la valise de Joyce. J'ai pris l'ascenseur jusqu'au douzième étage.

Je connaissais maintenant le douzième étage comme ma poche. Quand les portes de l'ascenseur ont coulissé et que je suis sorti dans le couloir, j'arborais presque un air conquérant. Très loin dans ce couloir au sol caoutchouté, j'ai aperçu les deux infirmières qui faisaient rouler le fauteuil de ma femme jusqu'à une porte. Joyce a tourné la tête et m'a vu. Le fauteuil s'est arrêté, les infirmières se sont figées sur le seuil de la pièce. Puis elles ont fait pivoter le fauteuil roulant pour que Joyce pût me voir sans effort. Elle a tendu les bras en souriant.

J'ai ravalé ma joie soudaine. Comment le monde pouvait-il contenir tant de beauté ? Ces mains tendues vers moi, ces doigts aimables tendus vers moi, ses yeux tournés vers moi, sa bouche, ses lèvres qui m'inondaient d'amour et d'une mystérieuse et bouleversante beauté ; je crois que j'ai couru vers elle, la valise à la main, comme si je l'avais pas vue depuis dix mille ans, que je ne l'avais pas une seule seconde oubliée, et que nous nous retrouvions enfin pour toujours, mon désespoir enfin dissipé, tous mes biens, mes ambitions, mes amis, mon pays, mon univers réduits à néant, dérisoires grains de sable devant la beauté et la joie de cet instant exquisement douloureux. Je l'ai prise dans mes bras en pleurant. J'ai glissé à genoux, heureux de ce bonheur terrible et écrasant dont le pouvoir énorme me tuait presque. Si sauvage était la joie que me procurait ma femme, que j'aurais pu mourir sur-le-champ.

« Allons, allons, dit l'une des infirmières. Ça suffit, maintenant. »

Je me suis relevé, j'ai embrassé Joyce.

« C'est mon mari, elle a souri. Il est gentil, non ? »

Les infirmières n'ont pas bronché. Elles ont remis les couvertures en place autour de Joyce, puis ont poussé son fauteuil dans la pièce.

La porte s'est refermée sous mon nez. C'était la chambre 1237. Numéro de bon augure, car mon chiffre porte-bonheur y figurait. J'ai regardé ma montre. Onze heures cinq. J'ai descendu le couloir en passant devant de nombreuses portes. Un hurlement terrifiant a soudain retenti. Il sortait d'une chambre proche de l'ascenseur, le cri d'une femme en peine. Une seconde après, je suis passé devant la chambre d'où venait le cri. Derrière la porte j'ai entendu des gémissements et des sanglots, comme si quelqu'un pleurait, le visage enfoui dans un oreiller. C'était une lamentation plaintive, déchirante, et qui m'a tourmenté, car je savais que la même chose pouvait arriver à Joyce.

Il y avait deux autres futurs pères dans la salle d'attente. C'étaient des hommes épuisés, au col de chemise ouvert, à la cravate pendante. On aurait dit deux piliers de bar après une interminable rixe. Vautrés dans des fauteuils en cuir, hirsutes, la cigarette oubliée entre les doigts, ils ne m'ont accordé aucune attention. L'un de ces deux pères s'est levé, puis il s'est mis à arpenter la salle. Il fumait la plus minuscule des cigarettes, qui brûlait ses lèvres lorsqu'il l'embrassait plutôt qu'il ne tirait dessus. Alors l'autre père s'est levé et s'est mis, lui aussi, à marcher de long en large. Ils arpentaient la salle sans aucun souci de l'autre, en proie à la fureur de l'ours en cage, le front soucieux, chacun piégé dans les affres palpitantes de sa propre conscience.

Vers minuit, la plus grande des deux infirmières qui s'étaient occupées de Joyce est apparue sur le seuil de la salle d'attente. Les deux pères aux yeux injectés de sang ont tourné vers elle un regard de chien battu. Mais c'était moi qu'elle venait chercher.

« Vous pouvez voir votre dame maintenant. »

Les deux pères m'ont dévisagé bouche bée, ils m'ont suivi des yeux jusqu'au couloir. J'ai eu le sentiment qu'ils me voyaient pour la première fois, qu'ils découvraient avec stupéfaction ma présence dans la salle.

J'ai suivi la grande infirmière.

« Vous devez pas rester longtemps, elle m'a dit. Votre dame a besoin de repos. »

Joyce portait une chemise d'hôpital qui se laçait dans le dos. On avait coiffé ses cheveux en un chignon serré. Il y avait des poignées à la tête de son lit. Elle m'a souri, son visage brûlait, la peur jaillissait de ses yeux. J'ai pris sa main.

« Comment te sens-tu ?

— Très bien. On m'a rasée et administré un lavement.

— Les barbiers sont-ils habiles ?

— Ils ont fait un boulot formidable. Ça va te plaire. »

J'ai constaté avec joie qu'elle avait cessé de se culpabiliser. Mais nous n'avions pas grand-chose à dire. Nous nous tenions la main en nous regardant avec un sourire béat. La grande infirmière a ouvert la porte.

« Vous devez partir maintenant. »

J'ai embrassé Joyce avant de sortir.

« Il y en a pour combien de temps ?

— Longtemps, a dit l'infirmière. Pourquoi ne rentrez-vous pas dormir chez vous ?

— C'est impossible. Ce ne serait pas bien.

— Ne soyez donc pas stupide. Le médecin ne sera pas là avant huit heures du matin.

— Vous voulez dire : elle va souffrir jusque-là ?

— Elle ne souffre pas. Et puis vous ne pouvez rien faire ici. Absolument rien. »

Un mari ne peut pourtant pas s'en aller en abandonnant sa femme seule dans une chambre d'hôpital. Cela m'a semblé monstrueux, presque criminel. Même si l'infirmière avait raison, la tradition m'imposait de rester.

« Je ne quitterai pas l'hôpital avant la naissance du bébé », j'ai dit.

L'infirmière a haussé les épaules en fronçant les sourcils.

« Dans le lot, on tombe parfois sur un père raisonnable, mais c'est l'exception. »

Je suis retourné dans la salle d'attente.

Aux deux pères martyrs s'était joint un nouveau venu. Il était plus âgé, rasé de près, vêtu d'un costume marron impeccable. Des émanations lénifiantes de camaraderie et de compréhension se dégageaient de lui. Les pères hagards ont trouvé en lui un auditeur compatissant. Chacun à son tour a occupé le devant de la scène pour exposer ses soucis. Le premier père a déclaré que sa femme était en travail depuis treize heures. « Treize heures et quarante-deux minutes exactement », a-t-il ajouté en regardant sa montre. Leur aîné a fait tristement claquer sa langue. L'autre a rangé sa montre, s'est assis, a pris sa tête entre ses mains et poursuivi son martyre. Le second père a humecté ses lèvres craquelées, adressé un vague regard humide à son aîné, lequel, tout douceur et sagesse, s'est tourné pour écouter cette nouvelle histoire. « Ma moitié, elle est là depuis seize heures et douze minutes », il a déclaré avec un sourire penaud. Cela lui accordait trois heures d'avance sur le premier père qui, honteux, a baissé la tête. Mais si le second père a savouré son triomphe, la palme lui a été promptement arrachée par le nouveau venu impassible :

« Quand Billy est né – c'est notre aîné –, Mme Cameron était en travail depuis cinquante-trois heures. »

Le record de Mme Cameron était si époustouflant que les deux pères hagards se sont aussitôt désintéressés du nouveau venu, qui a alors tourné son généreux sourire vers moi. Mais j'en avais assez entendu. Ces hommes étaient des vantards qui trouvaient une absurde consolation dans les souffrances de leurs épouses. L'infirmière avait raison. J'ai décidé de rentrer chez moi.

Il était une heure et demie du matin quand je me suis couché. Des ronflements sonores sortaient toujours de la chambre de papa. Il ignorait que Joyce était à l'hôpital. Mieux valait ne pas le réveiller. J'ai fumé une cigarette dans le noir, et senti les doigts de la culpabilité me palper. Avais-je bien fait de rentrer ? La tradition était peut-être fondée. Quand une épouse était en travail, le mari ne devait-il pas veiller et, par quelque menue douleur qu'il s'infligeait volontairement, prouver sa volonté de participer à leur lot commun ? Après tout, la grande infirmière ne risquait rien en cette affaire. Son raisonnement était scientifique, glacé. Et au cours des années à venir, notre enfant n'allait-il pas déplorer que son père ait dormi sur ses deux oreilles pendant que lui-même franchissait le dangereux passage qui menait de la matrice à l'air libre ? Je me suis tourné et retourné dans mon lit jusqu'à trois heures du matin.

Alors un doux et noble souvenir m'est revenu en mémoire. Je me suis levé brusquement pour sortir du placard mon sac de voyage. Dans la poche latérale je l'ai trouvé, le bouquet fané de basilic, attaché avec un ruban rouge. Je ne me rappelais plus toutes les consignes de maman. Je me souvenais que je devais accrocher ce bouquet à mon lit. Je l'ai donc noué à la tête de mon lit afin qu'il tombe presque sur mon oreiller. Puis je me suis allongé en respirant son parfum piquant, et curieusement j'ai retrouvé l'odeur des cheveux de ma mère, et ses yeux chaleureux m'ont souri, et je me suis mis à pleurer parce que je ne voulais être ni père, ni mari, ni même un homme, je voulais seulement avoir de nouveau six ou sept ans, m'endormir dans les bras de ma mère, et alors je me suis endormi, en rêvant à ma mère.

Papa m'a réveillé. Il était sept heures.

« Quelqu'un veut te parler. »

J'ai sauté du lit et dégringolé l'escalier jusqu'au téléphone. C'était l'hôpital. L'infirmière m'a informé que Joyce n'avait pas encore accouché et que tout se passait bien.

« Elle souffre ?

— On souffre toujours un peu.

— J'arrive tout de suite.

— Vous faites bien. »

Debout à côté de moi, papa écoutait.

« Le bébé arrive, papa. C'est pour très bientôt. »

Le cigare a tremblé dans sa bouche.

« Où est Joyce ?

— À l'hôpital. Je l'ai transportée pendant la nuit. »

Je suis remonté rapidement pour m'habiller. Quand je me suis approché de la voiture, j'ai découvert papa qui m'attendait sur le siège avant. Nous sommes partis à l'hôpital et avons pris l'ascenseur jusqu'au douzième étage. Une infirmière a fait entrer papa dans la salle d'attente. Livide et paniqué, il m'a regardé filer dans le couloir vers la chambre de Joyce.

Elle reposait dans un modeste océan de souffrance, les vapeurs de son angoisse semblaient obscurcir la chambre. Elle reposait sur des draps froissés, trempés de sueur, la bouche tordue, les dents serrées, ses yeux semblables à des boules de lait. D'abord elle ne m'a pas vu, mais quand j'ai fermé la porte, elle s'est hissée hors des ondes de douleur, ses doigts ont agrippé les barres métalliques à la tête de son lit, et elle a réussi à s'asseoir. Le ballon blanc évoquait une énorme ampoule vibrante de douleur, trop lourde pour l'énergie farouche de ses doigts exsangues. Épuisée, elle ahanait ; son souffle irrégulier s'échappait en sifflant entre ses lèvres que la douleur tordait.

Alors elle a compris que j'étais là, au pied de son lit. Ses yeux stupéfaits m'ont aperçu. Une immense pitié m'a submergé au spectacle de cette souffrance aveuglante. Mais je n'ai trouvé aucune parole consolatrice, seulement des clichés, les fadaises et les pièges d'un langage futile, de misérables formules toutes faites. Tandis que, la gorge nouée, je la regardais, une nouvelle contraction l'a saisie. Ses genoux ont remonté, et un cri animal, une sorte de hurlement étouffé, a jailli de ses lèvres. Cela avait comme un rythme mesurable, c'était un mince ruban ondulant et sonore qui franchissait ses dents. Quand ç'a été terminé et que la douleur se fut elle-même épuisée, Joyce a poussé un soupir de soulagement, puis écarté de son visage une masse de cheveux trempés de sueur en gardant les yeux fixés au plafond. Alors elle s'est rappelé ma présence.

« Oh, je suis tellement lâche ! elle a gémi.

— Mais non, c'est faux. »

Je me suis approché d'elle. Le lit était construit comme un grand berceau, avec des parois ajustables, en acier. Quand je me suis penché pour l'embrasser, j'ai vu sa bouche rouge, ses lèvres gonflées par la sensualité de la douleur. J'ai vu ses yeux blancs avides, et sa souffrance m'a envahi. Mais il y avait de la passion sur sa bouche, et elle s'est accrochée à moi avec une telle férocité que j'ai dû faire appel à toute la force de mes épais poignets pour me dégager de son étreinte. Elle m'aimait, gémissait-elle, elle m'aimait, elle m'aimait, elle m'aimait.

Alors les douleurs l'ont reprise, l'envoyant rouler d'un bord du lit à l'autre, les genoux remontés, ses doigts serrés autour de la barre d'acier du lit, le mince ruban d'angoisse se dévidant de nouveau. Quand ses souffrances ont reflué, les yeux blancs ont voleté autour de moi comme deux oiseaux en cage, la douleur m'a frappé de plein fouet et j'ai ressenti une terrible crispation à l'estomac. Plié en deux, j'ai reculé vers une chaise et me suis assis. Elle me regardait.

« Tu es malade, elle a dit. Tout cela est trop éprouvant pour toi.

— Ça va mieux.

— Bois un peu », elle m'a conseillé en haletant tandis qu'elle se penchait pour prendre un verre d'eau sur la table de chevet. Mais pendant que sa main se tendait vers le verre, les douleurs l'ont reprise, elle a roulé en se tordant sur les draps, dévidant de nouveau le ruban sonore hors de sa gorge. Alors j'ai souffert le martyre, je me suis plié en deux, mais je ne pleurais pas, je gémissais seulement tandis qu'un énorme bouleversement broyait mes entrailles, la douleur des pommes vertes.

« Chéri, elle a dit, appelle le médecin. Je vois bien que tu es malade !

— Moi ? Je suis en pleine forme. »

Mais j'ai aperçu mon reflet dans le miroir mural : j'étais blême, l'œil glauque, écœuré, furieux contre moi-même.

« Ne t'en fais pas pour moi, elle a soupiré. Je m'en tire très bien. D'ailleurs, je ne souffre plus. Regarde ! » Elle a étendu les bras en souriant.

Lorsque je me suis tourné pour la regarder, les douleurs la broyaient de nouveau, elle se débattait, les yeux maintenant adoucis et pleins de larmes ; quand ç'a été terminé, elle a pris son visage entre ses mains pour pleurer sans bruit.

« Oh, Dieu ! elle s'est écriée. Je ne supporterai plus ça longtemps. »

J'aurais fait n'importe quoi pour elle, donné allégrement mes deux bras, mes pieds, mes mains, ma vie pour soulager une seule de ses douleurs, mais je me retrouvais incapable de supporter les crispations spasmodiques de mon estomac, qui m'ont finalement propulsé, plié en deux et titubant, dans le couloir.

Le Dr Stanley et une infirmière, qui portait un plateau couvert de fioles et de seringues, avançaient vers moi.

Ils m'ont regardé sans mot dire. Le Dr Stanley a pris un flacon de comprimés sur le plateau de l'infirmière et en a fait tomber un dans sa paume.

« Prenez donc ça », il m'a dit.

J'ai aussitôt avalé le comprimé.

« Ma femme n'est pas bien du tout, docteur. »

Ils sont entrés dans la chambre. J'ai attendu. Mes douleurs abdominales ont disparu. Au bout de quelques minutes ils sont sortis ; le médecin se frottait les mains.

« Elle se porte comme un charme.

— Je vous dis qu'elle souffre horriblement, docteur.

— Impossible. Nous lui avons donné de la scopolamine. Elle ne se souviendra de rien. Nous l'emmenons à la salle d'accouchement. »

Quand ils l'ont fait rouler hors de la chambre, puis dans le couloir, je suis d'abord resté à l'écart, appuyé contre un mur, car je craignais que ma présence ne la gênât. Elle est passée devant moi, et j'ai vu qu'elle dormait. Ils lui avaient sans doute administré quelque chose, car ses yeux étaient fermés, et son visage métamorphosé en une image merveilleusement pâle. J'ai suivi le couloir à côté d'elle. À un moment elle a gémi. Mais c'était maintenant le murmure de qui a atteint une paix ineffable après des heures passées dans la tempête. Moi aussi, je me suis senti apaisé. Je savais maintenant que tout était pour le mieux, que le bébé allait bientôt naître, et que Joyce était entre de bonnes mains.

J'ai fait demi-tour pour rejoindre la salle d'attente. Les bras croisés, muré dans un silence inflexible, papa était assis dans un des grands fauteuils.

« C'est pour bientôt, je lui ai annoncé.

— Quoi ? il a chuchoté. Pas encore ?

— Ils l'ont emmenée à la salle d'accouchement.

— Que manigancent-ils ?

— Ils font ce qu'ils peuvent »

Ça lui a arraché un grondement, et j'ai su qu'il croyait que je conspirais avec tout l'hôpital pour empêcher la naissance du bébé. Il regardait droit devant lui, sans plus ouvrir la bouche.

Une nouvelle fournée de pères occupait la salle d'attente, mais leurs paroles étaient les mêmes, de vieilles histoires d'accouchement débitées par des maris déboussolés. Impossible de rester davantage dans cette pièce. Le désir de boire un café a monopolisé ma conscience, et j'ai laissé papa dans la salle d'attente pour prendre l'ascenseur jusqu'au restaurant de l'hôpital, au rez-de-chaussée.

Le restaurant était rempli de médecins, d'internes, d'infirmières. Je me suis installé au comptoir et j'ai regardé le menu. Mais je n'avais plus envie de rien. Je me faisais malgré tout un sang d'encre. Par une porte latérale, je suis sorti dans la rue.

La matinée était lugubre, un lourd brouillard tiède imprégnait tout. J'ai allumé une cigarette, suivi le trottoir qui longeait l'hôpital, puis un sentier bordé de haies vivaces et soigneusement taillées, un couloir de verdure qui aboutissait à un jardin où une fontaine dispensait son eau à de gros rochers rouges. Quand j'ai fait le tour de cette fontaine, les lèvres fraîches des gouttelettes ont embrassé mon visage. Dans la brume, j'ai aperçu la silhouette d'une porte gothique. C'était la chapelle de l'hôpital. Brusquement, sans raison, j'ai fondu en larmes, car c'était la chose que je cherchais, la fin du désert, ma maison sur la terre. Alors j'ai couru vers cette chapelle.

Pax vobiscum ! C'était une petite chapelle, avec seulement un crucifix sur l'autel principal. Je me suis agenouillé, car une énorme vague de repentir a soudain fondu sur moi, une cataracte tonnante a rugi dans mes oreilles. Il était inutile de prier, d'implorer le pardon. Tout mon être s'est dissous dans ce profond courant, comme les vagues qui se brisent sur la grève. Je suis resté là presque une heure ; puis, débordant de rire, je me suis levé pour partir. Car ce jour était celui du rire, et de la joie immense.

Dix minutes plus tard, j'ai vu le garçon. Il reposait nu dans les bras d'une infirmière masquée. Je ne pouvais pas le toucher, car ils se tenaient derrière une vitre. Il était fripé, aussi laid qu'un gnome plongé dans du jaune d'œuf. Avec une moustache, on aurait pu le prendre pour son grand-père. Il hurlait à pleins poumons pendant que l'infirmière me le montrait.

J'ai compté dix doigts, dix orteils, un pénis. Un père n'avait certainement pas le droit d'en demander plus. J'ai hoché la tête, et l'infirmière a enveloppé son petit corps hideux dans des couvertures avant de l'emporter à travers le dédale de l'énorme hôpital.

Alors ils ont fait sortir Joyce de la salle d'accouchement. Très fatiguée, elle souriait faiblement.

« Tu as vu notre fils ? » elle a gémi.

J'ai serré sa main.

« Ne parle pas, ma chérie. Repose-toi.

— C'était merveilleux, elle a soupiré. Pas de douleur, rien. »

Elle a fermé les yeux et le chariot s'est éloigné.

Papa était debout près de la fenêtre de la salle d'attente. Quand j'ai posé la main sur son épaule, il s'est retourné. Je n'ai pas eu besoin de parler. Aussitôt il a pleuré. Il a posé la tête sur mon épaule, et ses larmes m'ont fait mal. Je sentais les os de ses épaules, les vieux muscles tendres ; je respirais l'odeur de mon père, la sueur de mon père, l'origine de ma vie. Je sentais ses larmes brûlantes et la solitude de l'homme et la douceur de tous les hommes et la beauté infiniment douloureuse des vivants.

J'ai saisi sa main et nous avons descendu le couloir jusqu'au bureau de l'infirmière-chef. Il a caché ses yeux derrière un foulard rouge que ses larmes mouillaient, et il est resté là à pleurer. Alors j'ai dit à l'infirmière qu'il voulait voir son petit-fils. Papa ne l'a pas regardée une seule fois, mais elle n'a pas pu supporter la joie et l'angoisse d'un grand-père.

« C'est contre le règlement, elle a dit. Mais… »

Nous l'avons suivie à travers une succession de portes battantes ; je tenais toujours la main de papa. Elle a disparu, et quelques instants plus tard nous l'avons vue de l'autre côté d'une vitre, le visage masqué, le nouveau-né dans les bras. Papa n'a pas vu son petit-fils, car ses deux mains plaquaient le foulard rouge contre ses yeux, mais il a deviné la proximité du bébé, il a été frappé de vénération, comme s'il craignait de regarder en face le visage de Dieu. Même s'il avait levé les yeux, il n'aurait sans doute pas vu le bébé, car les larmes l'aveuglaient. Au bout d'un moment, l'infirmière s'est éloignée avec le bébé et j'ai raccompagné papa dans le couloir. Il a pleuré jusqu'à la voiture. L'épreuve l'avait anéanti. Pendant que je conduisais vers la maison, il semblait hébété, la tête posée contre le haut du dossier, ses mains molles sur ses cuisses.

« Je veux rentrer à la maison, il a dit.

— Nous y serons dans quelques minutes.

— À San Juan. À maman. »

J'ai regardé ma montre. « Le train de San Joaquin part dans une heure. C'est un rapide.

— Je vais prendre mes outils. Emmène-moi à la gare. »

Nous roulions en silence. Peu à peu il a repris des forces. Je me suis garé dans la rue, devant la maison. Nous sommes descendus de voiture, et il s'est figé pour examiner le grand toit pentu, l'arche du porche.

« Bonne maison, il a dit.

— Le plancher s'effondre un peu.

— Bah, ça veut rien dire.

— Nous avons quelques termites.

— Tout le monde a des termites.

— Mais personne n'a une cheminée comme la mienne. »

Il a souri en allumant un cigare.

« Elle est rudement bonne, petit. Y a plein de place dans le conduit pour le Père Noël.

— Papa, ce bout de terrain près de chez Joe Muto ? Tu crois que je devrais l'acheter ?

— Reste donc ici et élève ta famille », il a dit. Nous sommes entrés dans la maison et je l'ai entendu chanter en préparant ses affaires.

FSC
www.fsc.org
MIXTE
Papier issu de
sources responsables
FSC® C003309

10/18, une marque d'Univers Poche,
est un éditeur qui s'engage pour
la préservation de son environnement
et qui utilise du papier fabriqué à partir
de bois provenant de forêts gérées
de manière responsable.

Imprimé en France par CPI

N° d'impression : 3029117
X03448/07